Medical return

FUSION FANTASTIC STORY

메디컬 환생

유인(流人) 장편 소설

메디컬 환생 4

초판 1쇄 찍은 날 § 2014년 12월 18일
초판 1쇄 펴낸 날 § 2014년 12월 24일

지은이 § 유인(流人)
펴낸이 § 서경석

편집부장 § 권태완
편집책임 § 박은정

펴낸곳 § 도서출판 청어람
등록번호 § 제387-1999-000006호
등록일자 § 1999. 5. 31
어람번호 § 제1-2007호

주소 § 경기도 부천시 원미구 부일로 483번길 40 서경B/D 3F (우) 420-822
전화 § 032-656-4452 팩스 § 032-656-4453
http://www.chungeoram.com
E-mail § chungeorambook@daum.net

ⓒ 유인(流人), 2014

ISBN 979-11-04-90053-4 04810
ISBN 979-11-316-9263-9 (세트)

FUSION FANTASTIC STORY

Medical return

메디컬 환생

유인(流人) 장편 소설

4

도서출판 청어람

CONTENTS

Medical return

메디컬 환생

1장

하늘의 외과의사

　심장마비가 오면 죽는다.

　진현은 급히 승무원들에게 말했다.

　"가장 가까운 공항이 어디입니까? 어디든 빨리 착륙해 병원에 가야 합니다."

　대표인 중년의 스튜어디스가 곤란히 답했다.

　"목적지가 아닌 곳에 착륙하기는……."

　"네?"

　"몇만 불대의 손해가 나서……."

　진현은 기가 찬 마음이 들었다.

　"지금 고작 돈이 문제입니까? 조금만 지체하면 이 환자분

은 사망할 것입니다. 그러면 그 책임은 항공사에서 질 것입니까?'

그 날카로운 말에 승무원들은 사태의 심각성을 깨달았다.

"환자분이 그렇게 많이 안 좋나요?"

"조금이라도 지체되면 사망할 확률이 높습니다."

"오, 맙소사. 얼마나 시간이 있는 거죠?"

진현은 환자를 힐끗 봤다.

정확한 시간이야 알 수 없지만 저런 상태면 지금 당장 심장마비가 와도 이상하지 않다.

"얼마 남지 않았습니다. 최대한 빨리 병원에 가야 합니다."

"알겠어요."

스튜어디스가 급히 기장실로 향했다. 하지만 곧 난감한 얼굴로 돌아왔다.

"어쩌죠? 지금 태평양 상공이라 가장 빨리 도착할 수 있는 공항은 인천인데 2시간은 더 걸릴 거예요."

"꼭 한국으로 안 가도 됩니다. 아무 데라도 가서 치료를 받아야 합니다. 중국도 상관없습니다."

"심한 기상악화 때문에 기존의 항로를 벗어난 상태여서 중국도 빨리 도착할 수 없어요."

진현은 입술을 깨물었다.

'젠장. 어떻게 하지? 그때까지 못 버틸 것 같은데.'

껵껵거리며 신음을 흘리는 환자는 2시간은커녕 30분도 못 버틸 것 같았다.

'시간을 벌어야 해. 비행기 안이라 할 수 있는 게 별로 없지만 그래도 최대한 해보자. 왜 쇼크가 왔지?

진현은 환자를 꼼꼼히 살폈다. 혜미도 같이 살폈다.

자세히 검진을 하자 다행히 금방 쇼크의 원인이 보였다.

아니, 이걸 다행이라고 할 수 있나?

최악의 원인이었다.

*　　　*　　　*

"진현아, 이거……."

"음……."

혜미의 말에 진현은 신음을 삼켰다.

'출혈성 쇼크…….'

창백한 피부, 핏기 없는 공막… 전형적인 출혈 사인(Sign)이었다.

출혈의 원인도 찾기 어렵지 않았다.

옷을 들추니 왼쪽 아래의 배가 볼록하게 튀어나와 있었던 것이다. 그쪽에서 피가 난 게 분명하다.

"왜 배에서 피가 났지? 가만히 있는 배에서 피가 날 이유가 없는데……."

진현은 승무원에게 물었다.

"혹시 비행 중에 사고가 있거나 그렇지는 않았습니까? 부딪치거나……."

"그런 일은 없었습니다."

승무원들은 고개를 저었다. 진현도 그럴 가능성은 없다 생각했다.

가만히 비즈니스 클래스에서 누워 있던 환자가 다칠 일이 뭐가 있겠는가?

그때 혜미가 말했다.

"약 때문은 아닐까?"

"약?"

"내가 알기로 이분… 뇌졸증을 앓고 있었던 것 같아."

그 말에 진현은 놀란 표정을 지었다.

"너 이 환자분 알아?"

혜미가 오히려 반문했다.

"넌 이분 몰라?"

"모르는데?"

눈치를 보니 연희도 아는 것 같았다.

"아… 너는 TV나 뉴스 안 보지… 하여튼 나도 당연히 개인적으로 아는 사이는 아니야. 그냥 기사에서 몇 번 봤어. 뇌졸증을 앓고 있는 것도 기사에서 본 거고."

무슨 공무원이기에 개인 질병사가 기사에 났는지는 모르

겠지만 그걸 신경 쓸 때가 아니다.

진현은 급히 환자의 짐을 뒤졌다.

얼마 지나지 않아 하얀 알약과 피하용 주사가 발견됐다.

'피를 묽게 해 출혈 성향을 만드는 항혈소판제인 아스피린과 항응고제 에녹사파린(Enoxaparin)!'

진현은 이제 모든 원인을 깨달았다.

뇌졸중은 피가 굳어 뇌혈관이 막히는 질환이다.

따라서 피를 묽게 하는 아스피린과 에녹사파린이 중요한 치료제로 쓰인다.

단 이 치료약들의 문제는 피를 묽게 해 출혈 성향을 만든다는 것이다.

물론 대부분 문제가 없고 있어도 경미한 출혈이지만 극히 드물게 이렇게 심하게 오는 경우가 있다.

'약에 의한 자발 출혈이야. 그것도 굉장히 심하게 왔어. 동맥 출혈이 분명해. 왜 하필 비행기 안에서 이런 일이. 어떻게 하지? 이대로 두면 죽을 텐데.'

시간이 지날수록 환자의 배는 조금씩, 조금씩… 하지만 확실히 더 부풀어 올랐다. 피가 계속 나고 있는 거다.

"이연희 선생님, 일단 혈압을 올리기 위해 가져온 수액을 급속 주입해 주십시오."

"네!"

연희가 혈관을 잡고 수액을 투입했지만 별 소용이 없었다.

피가 계속 나는데 수액이나 수혈을 해봤자 밑 빠진 독에 물 붓기였다.

'이럴 경우 동맥을 타고 들어가 피가 나는 혈관을 확인해 색전술로(Embolization) 막으면 되는데 비행기 안에선 불가능해. 어떻게 하지?'

고민하던 그에게 한 가지 생각이 떠올랐다. 하지만 그는 곧 고개를 저었다.

'안 돼. 그 방법은 너무 위험이 커. 무모해.'

그런데 그때였다!

"꺄악!"

한 승무원이 비명을 질렀다.

급히 환자를 보니 눈을 뒤집어 까고 전신을 덜덜 떨고 있었다.

간질 발작!

전신의 피가 모자라 뇌에 피가 제대로 공급되지 않아 경련과 간질 발작을 일으킨 것이다.

경련은 금방 멈췄으나 사태는 심각했다. 정말 시간이 얼마 안 남았다.

입술을 깨문 진현은 고민했다.

'그 방법을? 하지만 위험부담이 너무 큰데? 시도한다고 해도 실패할 확률이 훨씬 높아. 하지만……'

진현은 환자를 바라봤다.

'이대로 놔두면 환자는 죽을 거야.'

너무 위험한 시도지만 가만히 놔두면 무조건 죽는다.

그 사실이 그의 마음을 움직였다.

'젠장, 왜 나는 가는 곳마다 이런 일이. 피부과나 해서 편하게 살고 싶은데 왜 뜻대로 놔두질 않는 거야.'

진현은 자신의 주위에 항상 궂은일이 일어나게 하는 조물주가 원망스러웠다.

"진현아, 어떻게 하지? 곧 심장마비 올 것 같은데."

혜미가 말했다.

진현은 굳은 목소리로 답했다.

"이대론 안 돼. 지혈을 시도하자."

"어떻게? 복강 안쪽이라 불가능해. 병원이면 몰라도 여긴 비행기 안이란 말이야."

혜미의 말은 옳았다. 일반적으론.

하지만 진현은 말했다.

"수술하자. 내가 집도할게."

"뭐?!"

무슨 말도 안 되는?

혜미는 깜짝 놀라 반문했다. 연희도 눈을 동그랗게 떴다.

진현은 차분히 설명했다.

"가능해. 내가 집도하고 혜미, 네가 어시스트하면 되니까. 간단한 도구들은 아랍 환자 이송을 위해 챙겨 와서 준비돼 있고."

"……!"

하지만 혜미는 고개를 저었다.

"안 돼. 네가 아무리 천재라 불린다지만… 이건 불가능해."

"그래도 해야 해. 안 그러면 이 환자는 죽어."

진현의 단호한 말에 혜미의 눈이 흔들렸다.

"아, 안 돼. 이건 네가 아니라 강민철 교수님도 불가능한 일이야. 지금 가지고 온 도구는 정말 간단한 처치밖에 할 수 없는 도구들이란 말이야."

이런 열악한 도구들로 비행기 안에서 배를 열고 지혈을 시도하는 것은 물에 빠진 핸드폰을 드라이버 하나 가지고 고치겠다고 나서는 거나 마찬가지다.

"물론 네 말대로 실패할 가능성이 높아. 가장 좋은 것은 이대로 착륙해 병원에 가서 지혈을 시도하는 것이지. 하지만 그럴 수가 없고, 그때까지 이 환자는 못 버텨. 무조건 죽을 거야."

처음엔 저혈압이라도 혈압을 측정할 수 있었지만, 이젠 아예 측정이 안 됐다.

손목 동맥에선 맥이 안 느껴졌고, 대퇴동맥의 맥은 약했다.

곧 Arrest(사망)가 일어날 것이 분명했다.

혜미는 입술을 깨물었다.

어찌나 세게 깨물었는지 붉은 입술이 하얗게 질렸다.

"너무 무모해."

"알아."

"잘못되면 어떻게 하려고? 잘되면 다행이지만 잘못되면 네가 모든 책임을 뒤집어쓸 수도 있어."

충분히 가능성 있는 이야기다.

그냥 놔뒀다 사망하면 불가피한 사망으로 아무런 책임이 없다.

비행기 안에서 일어난 출혈은 어쩔 도리가 없으니까.

하지만 수술을 시도하면 이야기가 다르다.

만약 실패하면 환자의 사망 책임을 전부 뒤집어쓸 수도 있다.

아무런 죄도 없이 잘해주려다가 살인죄로 소송을 당할지도 모르는 것이다.

보호자라도 있으면 위험성을 설명하고 동의를 받았겠지만 지금은 그럴 수도 없다.

알지만 진현은 고개를 저었다.

"그래도 해야 해."

아예 못하면 모를까 살릴 가능성이 있는데 손 놓고 있을 수는 없다.

혜미는 답하지 않았다.

진현의 얼굴을 외면하고 땅만 바라봤다.

진현은 부드럽게 달랬다.

"만약 잘못돼도 모든 책임은 내가 질 테니 걱정하지 마. 넌 그냥 어시스트로 도와주기만 해."

혜미의 입에서 비틀린 말이 새어 나왔다.

"…그게 문제야."

"응?"

"그게 문제라고! 이 바보야! 네가 혹시 잘못될까 봐 걱정돼서 그러는 거야! 피부과 하고 싶다며? 피부과 해서 편하게 살고 싶다며! 그런데 왜 이렇게 몸을 안 사리는 거야?! 이분이 누군지 알아? 잘못되면 그 책임을 어떻게 하려고?! 의사 가운을 벗는 것으로 안 끝나. 살인죄로 소송 당할 수도 있단 말이야!"

계속 감정이 복받쳐 있어서일까?

자신도 모르게 소리친 혜미는 곧바로 후회했다.

하지만 이연희 때문에 쌓인 감정 때문인지 가슴이 쉽사리 진정되지 않았다.

오히려 계속 감정이 차올라 눈물이 흘러나오려 해 급히 고개를 돌려 눈을 비볐다.

"혜미야……."

진현은 처음 듣는 혜미의 호통에 놀라 말을 멈췄다.

항상 밝고 착한 혜미가 이렇게 화를 내다니?

"혜미야."

"……."

진현은 최대한 부드럽게 말했다.

"미안, 사실 나도 위험을 감수하며 수술하기 싫어. 내가 이런 일 얼마나 싫어하는지 너도 잘 알잖아. 그래도… 상황이 어쩔 수가 없으니 한 번만 도와줘. 피부과 전공하면 이런 일은 더 없을 테니. 그러니 이번 딱 한 번만 도와줘."

거듭된 부탁에 혜미는 크게 한숨을 내쉬었다.

큰 동작으로 눈가를 다시 닦은 그녀는 말했다.

"난 몰라. 잘못되면 네가 알아서 해."

내키지 않는 승낙이었다.

진현은 이연희에게도 말했다.

"이연희 선생님도 어시스트해 주십시오."

"알겠어요."

진현과 혜미의 대화를 어딘가 못마땅하게 바라보던 연희는 고개를 끄덕였다.

이번에 진현은 승무원에게 부탁했다.

"환자 처치를 해야 합니다. 다른 승객이 있는 이곳에서 할 수는 없으니 밀폐된 공간은 없습니까?"

"퍼스트 클래스 좌석이 비어 있어요."

"환자를 옮겨주십시오."

석유 부자국의 항공기답게 퍼스트 클래스는 호텔 방만 했다.

"시작하자. 이연희 선생님은 가져온 수액이 떨어질 때까지 모두 투입해 주세요."

"네."

진현은 커다란 왕진 가방을 펼쳤다.

아랍 환자가 외과 환자여서 상당히 많은 처치 도구를 가지고 온 것이 그나마 다행이었다.

'그래 봤자 기본적인 도구들이지만. 절개와 응고를 동시에 할 수 있는 보비(전기 칼)가 없는 게 아쉽군.'

일반인들에게는 메스가 외과의사의 상징처럼 여겨지지만 실제로 수술장에서 가장 많이 쓰는 것은 고주파 전류를 이용한 전기 칼, 보비(Bovie)이다.

메스와 다르게 절개와 동시에 지혈을 할 수 있기 때문이다.

'사용 가능한 것은 메스와 실, 그 밖에 몇 가지 도구뿐. 할 수 있을까?'

담담히 이야기했지만 진현도 긴장되긴 마찬가지였다.

환자의 상태가 안 좋고 무엇보다 환경이 너무나 열악했다.

그러나 그는 고개를 저었다.

'아니야, 할 수 있어. 이렇게 외부에서 배가 부풀어 오르는 것이 보이는 점을 고려하면 절대 배 깊은 곳에서 나는 출혈은 아니야. 복벽… 아니면 배 얕은 곳이야.'

그러면 충분히 지혈이 가능하다.

단 출혈 혈관을 찾을 수 있다는 전제하에.

"먼저 소독을 할게."

진현이 고민하는 사이에 혜미가 수술 부위를 소독약으로 넓게 소독했다.

진현의 눈이 깊게 침잠했다.

'어느 혈관일까? 혈관을 못 찾으면 절개를 넓게 하고 내부를 뒤져야 하는데… 환자의 상태가 나빠서 기회가 많지 않아. 최대한 빨리… 가급적 한번에 찾아야 해.'

배가 튀어나온 모양을 살폈다.

'에녹사파린에 의한 자발 출혈, 복벽이야. 복벽이니 저렇게 피부 아래로 동그랗게 피가 고인 걸 거야. 그러면 복벽의 어느 혈관?

좌측 순환 동맥? 하부 복벽 동맥? 하부 늑간 동맥?

가능성 있는 혈관들이 머릿속을 스쳐 지나갔다.

'CT 조영 검사나 혈관 투시 검사를 하지 않는 한 어느 동맥인지 정확히 알 수 있는 방법은 없어. 지금은 내가 판단해야 한다.'

진현은 의지를 다졌다.

'한번에 찾아야 해. 한번에.'

혜미는 말했다.

"준비됐어."

진현은 장갑을 끼고 메스를 쥐었다.

절개를 시작하기 전, 혜미가 말했다.

"진현아."

"응?"

"하나만 약속해줘."

"뭘?"

"제발 잘해줘. 환자를 위해서나 너를 위해서나."

낮은 목소리였지만 진현은 혜미의 간절한 걱정을 느꼈다. 그녀는 무리한 치료를 시도하는 진현을 걱정하고 있었다. 그 간절한 마음이 진현의 가슴을 흔들었다.

"그래, 약속할게."

그러나 진현도 확실한 자신은 없었다.

짐작 가는 혈관은 있지만 이런 상황에서 그 누가 100%의 확신을 가질 수 있을까?

'제발…….'

진현은 고개를 들어 천장 너머 하늘을 바라봤다.

'제발 도와주십시오.'

간절히 기도하며 절개를 시작했다. 혜미와 연희도 모두 침을 삼켰다.

찌이익.

메스에 얇은 피부가 갈렸다. 근막을 지나니 검게 죽은피가 흥건히 고여 있었다.

끔찍한 장면이었지만 병원에서 숱하게 이런 모습들을 봐온 혜미와 연희 모두 눈 하나 깜짝하지 않았다.

＊　　　＊　　　＊

'역시 복벽 출혈이야.'

"거즈를 주십시오."

피를 빨아낼 석션(Suction) 도구가 없으니 수작업으로 피를 닦아내야 했다. 다행히 거즈는 넉넉했다.

"혜미야, 시야가 확보되게 복벽을 고정해줘."

혜미가 진현의 말에 따랐다.

항상 활달한 모습만 보이지만 그녀는 이래 봬도 장래에 명망 높은 내과 교수가 될 몸으로 의사로서의 실력도 빼어났다.

더구나 지금은 인턴 생활이 끝나가는 시기라 그녀의 어시스트 실력은 물이 오를 대로 오른 상태였다.

진현은 빠르게 손을 움직였다.

시간이 이 수술의 성패를 결정 지을 것이다.

'하복벽 동맥······.'

굳기 시작하는 피 덩어리를 닦아내며 메스와 도구들을 이용해 근육을 열어나갔다.

그리고 얼마 지나지 않아 그는 첫 번째 목표 동맥인 하복벽 동맥 근처에 도달했다.

'제발······!'

진현은 간절한 마음으로 외쳤다.

그리고……!

"아!"

찾았다!

간절한 기도 때문이었을까?

그의 눈에 펌핑하며 피를 쏟는 하복벽 동맥이 들어왔다.

한번에 출혈 동맥을 찾은 것이다.

"하아……."

진현은 안도의 한숨을 내쉬었다.

딱딱히 굳은 혜미의 눈도 풀어졌다. 출혈 혈관을 찾았으니 지혈은 간단했다.

"실을 주세요."

이연희가 수술용 실을 건네주었다.

진현은 가뿐히 양손을 움직여 타이를 묶었다.

그러자 거짓말처럼 피가 멈췄다.

"하아……."

"정말 다행이에요, 진현 씨."

진현은 소매로 땀을 닦았다. 긴장이 풀렸다.

"네, 다행입니다. 그래도 아직 저혈압 상태니 수액은 전부 주십시오."

"네, 그렇게 할게요."

둘의 대화를 보며 혜미가 희미하게 중얼거렸다.

"바보……."

물론 진현은 듣지 못했다.

"다시 봉합하겠습니다. 봉합용 실을 주세요."

"네."

금방 혈관을 찾아 절개를 넓게 하지 않았다. 봉합도 곧 순조롭게 끝날 것이다.

'다행이야. 나머지 치료는 서울에 도착해서 하면 되겠지.'

물론 지혈을 했다 해도 환자가 좋아진 것은 아니다.

하지만 중요한 고비는 넘겼으니 비행기에서 적절히 수액 치료를 하고, 한국에서 정밀 치료를 받으면 회복할 수 있으리라.

그런데… 근육을 꿰매려는 순간, 진현은 이상한 느낌을 받았다.

'잠깐? 이걸로 끝일까?'

오랜 경험을 통한 감이 경고음을 울렸다.

뭔가 이상했다.

'정말 이걸로 끝일까? 복벽에 고인 피의 양에 비해 혈압이 너무 떨어졌어. 혹시 다른 부위의 출혈이 더 있는 것은 아닐까?'

자발 출혈의 경우, 가끔씩 다른 부위에서도 피가 나는 경우가 있다.

'복벽에 고인 피의 양에 비해 배가 너무 튀어나왔어. 배 안쪽에서도 피가 나고 있는 것은 아닐까?'

진현은 이를 깨물었다.

'만약 피가 더 나고 있다면 이걸로는 아무런 소용이 없어. 그 혈관도 지혈을 해줘야 해.'

그는 고민했다.

'하지만 아닐 수도 있는데? 이 안쪽을 확인하려면 배를 더 절개해 환자에게 무리를 줘야 해.'

그냥 배를 닫으면 환자에게 무리도 안 주고 간단히 수술이 끝나지만 만약 안쪽에서 피가 더 나고 있다면 끝장이었다.

결국 진현은 자신의 오랜 감을 믿기로 했다.

아무래도 이상했다.

"메스 다시 주세요."

"네?"

"출혈양에 비해 혈압이 너무 많이 떨어졌습니다. 복벽이 튀어나온 양상도 이상하고요. 배 안쪽의 출혈을 확인해 봐야 할 것 같습니다."

"……!"

연희는 주저하며 말했다.

"저, 진현 씨… 그럴 가능성은 낮을 것 같은데. 그냥 이만 배를 닫는 게 낫지 않을까요?"

진현도 이걸로 수술을 마무리하고 싶은 생각이 굴뚝같았다.

비행기 안에서 수술을 확대하고 싶지 않았고 환자에게 더

무리를 주고 싶지도 않았다.

더구나 안에서 피가 더 나고 있다는 보장도 없지 않은가?

"진현 씨, 잘 지혈했으니 그냥 이걸로 마무리해요. 피가 더 나진 않을 거예요."

연희는 수술을 더 확대하고 싶지 않은 듯했다.

진현도 확신이 없으니 일순 고민이 됐다.

하지만 괜찮다고 생각해 수술을 종료했다가 만약 피가 안쪽에서 나고 있으면?

그때 혜미가 물었다.

"진현아."

"응?"

"네가 판단하기에 이 안쪽도 확인을 해봐야 할 것 같아?"

"…내가 생각하기에는 그렇다."

그 대답에 그녀는 선선히 고개를 끄덕였다.

"그러면 확인해봐. 집도의는 너잖아. 어시스트할게."

신뢰가 담긴 말이었다.

"……!"

그 믿음에 진현은 고마움을 느꼈다.

"알겠다. 그리고… 고맙다."

"아니야. 수술을 시작 안 했으면 모를까, 시작했으면 제대로 끝을 내야지. 그리고 어차피 배 안쪽에 피가 고여 있는지 여부만 확인하면 되는 거잖아."

진현은 살짝 미소 지었다.

"그래, 그건 그렇지."

좀더 메스를 누르니 찌익 복막이 절개되며 배 안쪽이 드러났다.

그러자 진현의 예상대로 피가 흥건히 고여 있었고 배를 열자 주르륵 피가 흘러나왔다.

"······!"

연희의 얼굴이 하얘졌다.

진현은 혀를 찼다.

"이런······."

그래도 피가 나는 혈관을 찾는 것은 어렵지 않았다.

우연의 일치인지 천만다행으로 절개한 곳 주위에 위치해 있었기 때문이다.

드디어 완벽히 지혈을 끝낸 진현은 배를 봉합했다.

'정말 다시는 경험하고 싶지 않은 비행이구나.'

그는 한숨을 내쉬었다.

잘 끝나서 다행이지만 다시는 비행기 따위 타고 싶지 않았다.

*　　　*　　　*

그렇게 고비를 넘기고 비행기는 인천 공항에 도착했다.

미리 연락을 받고 대기하고 있던 의료진이 그들을 맞았다.

"수고하셨습니다. 이제부터는 저희가 처치하겠습니다."

공항에서 가장 가까운 거리에 위치한 인천 소재의 대학병원의 진료팀이었다.

"항응고제 사용에 따른 복강 내 자발 출혈이었습니다. 상태가 너무 안 좋아 비행기 안에서 간단히 절개해 출혈 동맥을 지혈했습니다. 급한 처치는 전부 끝냈으니 보존적으로 치료하면 좋아질 것입니다."

그 말에 상대 의사는 믿을 수 없다는 표정을 지었다.

의사는 놀라 입을 쩍 벌리며 물었다.

"그 말이 정말입니까? 믿을 수 없군요. 비행기 안에서 수술을 해 지혈을 하다니. CT나 혈관 조영 검사도 없이 어떻게 지혈 동맥을 찾으셨습니까?"

"그냥 운이 좋았습니다."

진현은 그렇게 말했으나 의사는 벌어진 입을 다물지 못했다.

그만큼 이번에 진현이 한 일은 대단했다.

"하… 정말 미라클(Miracle)이군요. 대단합니다. 저는 그런 상황이었으면 치료를 시도하지도 못했을 텐데. 선생님이 이 환자분을 살렸습니다."

의사는 부담될 정도로 감탄한 눈빛으로 진현을 바라봤다.

"실례지만 선생님께서는 어디의 외과 선생님이신지?"

외과의사… 그것도 굉장한 실력의 외과 전문의가 아니면 이런 일은 불가능하다.

하지만 진현은 고개를 저었다.

"외과의사는 아닙니다."

"그러면?"

"인턴입니다."

"네?!"

의사의 눈이 찢어질 듯 커졌다.

진현은 쓴웃음을 지었다.

인턴이 비행기 안에서 수술이라니. 나라도 안 믿겠다.

'뭐, 안 믿어도 상관없고. 아니, 안 믿었으면 좋겠군.'

남들이 알아주길 바라고 한 일은 아니다.

오히려 지금까지 친 사고들도 감당이 안 되는데, 그냥 어물쩍 넘어갈 수 있으면 좋을 텐데.

"저기다, 저기! 빨리 사진 찍어!"

그런데 진현의 눈에 기자들이 들어왔다.

'아니, 이게 무슨 큰일이라고 기자들이?'

물론 작은 일은 아니지만 공항에 내리자마자 기자들이 오다니?

이게 어떻게 된 일이지? 이 환자가 누구기에?

'정말 고위 공무원이긴 한가 보구나.'

일순 그의 머리에 이전 노숙자 환자를 치료해 인터넷 기사에 실려 엄청 고생했던 일이 떠올랐다.

'나를 찍으러 온 것은 아니겠지만, 휘말리면 골치 아프다.'

마치 쥐가 고양이를 보고 도망치듯 진현은 본능적으로 자리를 벗어났다.

"그러면 저는 이만 가보겠습니다. 수고하십시오."

"어? 어? 선생님?!"

누군가 뒤에서 그를 불렀지만 무시했다.

물론 그런다고 기자들의 마수에서 벗어날 수 있는 건 아니지만 최대한 피하고 싶었다.

다행히 기자들은 그가 목적이 아닌지 따라오지 않고 구조용 침대에 누워 있는 이름 모를 환자에게 모여들었다.

2장

전공 최종 결정 (1)

인천 공항의 버스 정류장에서 연희가 진현에게 말했다.

"진현 씨, 그냥 이렇게 내려가도 돼요? 기자들이 인터뷰 요청할 건데……."

연희의 말에 진현은 끔찍한 마음이 들었다.

그 환자가 누구기에 인터뷰를 요청한단 말인가?

진현은 단호히 말했다.

"인터뷰는 안 할 것입니다."

다른 사람의 눈에 띄기 싫어하는 그의 성격을 아는 연희는 더 말하지 않았다.

"그런데 곧바로 울산으로 내려가는 거예요? 같이 밥 한 끼

먹고 가면 안 돼요?"

연희는 헤어지기 서운한 얼굴이었다.

"죄송합니다. 지금도 많이 늦어… 곧바로 내려가야 할 것 같습니다."

진현은 시계를 봤다.

그도 좀 쉬고 내려가고 싶지만, 이미 시간이 늦었다.

어쩔 수 없는 일이었지만 그가 아부다비에 갔다 오느라 생긴 공백은 다른 동기 인턴들이 메우고 있을 거다.

늦게 내려갈수록 그들의 고생이 커진다.

짐은 택배로 미리 부쳐놔 몸만 곧바로 가면 된다.

"그러면 가보겠습니다. 선생님도 들어가십시오."

"앞으로 두 달이나 못 본다니 아쉽네요. 중간에 진현 씨 보러 한번 내려가도 되죠?"

진현은 당황했다.

날 보러 내려온다고? 울산까지?

"아… 제가 이제 곧 중요한 시험이 코앞이라……."

그 말에 연희는 샐쭉한 얼굴을 했다.

"치, 서운해요."

"죄송합니다."

"죄송하면 부탁 하나만 들어주세요."

"무엇입니까?"

"진현 씨가 저 부를 때,' 이연희 선생님' 이란 호칭 싫어요.

앞으로는 저 부를 때 연희라고 불러주세요. 말도 편하게 놔주
시고요."

"……!"

진현은 자신도 모르게 혜미를 바라봤다.

그녀는 듣고 있는 것인지 아닌 것인지 5미터쯤 떨어진 기
둥에 기대서 스마트 폰만 쳐다보고 있었다.

연희가 물었다.

"그것도 싫어요?"

진현은 고개를 저었다.

뭐, 손을 잡는 것도 아니고 이전 삶에서 부인이었던 여자한
테 말을 못 놓을 것은 없었다.

"알겠습니다."

"지금부터요."

"아, 알겠어."

연희는 만족스럽게 웃었다.

"내려가서도 연락 자주하세요. 알았죠?"

"…그래."

버스에 오르기 전, 진현은 고개를 돌려 혜미를 바라봤다.

"혜미야?"

그녀는 진현이 가든 말든 신경도 안 쓰고 고개를 숙여 핸드
폰에 열중 중이었다.

'뭘 보는 거지? 평소엔 핸드폰 잘 보지도 않으면서.'

빨간 트렌치코트를 입고 핸드폰을 하는 모습이 토라진 소녀 같기도 했다.

"이혜미?"

"왜?"

혜미는 여전히 핸드폰을 바라보며 답했다.

진현과 눈도 마주치지 않았다.

"나 간다."

"응, 잘 가."

"잘 지내. 두 달 뒤에 보자."

"응."

짧은 대답이었다.

진현은 뭔가 모를 서운함을 느꼈으나 마지막으로 인사 후 울산행 버스에 올라탔다.

"잘 지내라."

"응."

곧 부르릉 시동이 켜지고 버스가 움직이기 시작했다.

진현의 얼굴이 안 보이자 그제야 혜미는 고개를 들었다.

"……."

그녀는 말없이 진현이 탄 버스를 바라봤다.

그 버스가 지평선 너머로 사라질 때까지 계속.

그 모습에 연희는 묘한 표정을 지었다.

"혜미 선생님? 우리도 갈까요?"

"먼저 가세요. 전 따로 갈 테니."

혜미는 답했다.

연희는 떠나기 전 물었다.

"그런데 왜 마지막에 진현 씨한테 쌀쌀맞게 대한 거예요? 이제 두 달이나 못 볼 텐데."

혜미는 가만히 연희의 얼굴을 바라봤다.

왜 다 알면서 이런 걸 물어보지? 놀리는 건가?

"감정을 못 참을 것 같아서."

"네?"

하지만 그녀는 더 이상 말하지 않았다.

혜미는 무표정하게 하늘을 올려다보았다.

겨울로 넘어가는 하늘은 구름이 잔뜩 껴 꿀꿀하기 그지없었다.

'날씨 한번 진짜 꿀꿀하네.'

혜미는 생각했다.

정말 꿀꿀한 날씨였다.

정말로.

마치 그녀의 마음속 날씨처럼.

*   *   *

아랍 아부다비까지 비행기를 타고 왕복한 후 곧바로 울산

에 내려간 진현은 몸이 부서질 듯 피곤했지만 곧바로 근무를
시작했다.

"진현아, 좀 쉬어. 안 피곤해?"

"괜찮아. 나 없는 동안 고생 많았어."

피곤하긴 했지만, 쉴 수는 없었다.

울산 자매병원의 인턴 파견 인원은 총 3명인데 진현이 없
는 동안 각자 1.5배의 일을 해왔기 때문이다.

미리 울산에 도착해 있던 황문진이 물었다.

"환자 이송하면서 별문제는 없었어?"

"이송할 땐 특별한 문제는 없었어."

아랍 환자를 이송할 땐 별일 없었다. 돌아올 때가 문제였지.

업무를 시작하기 전, 황문진이 물었다.

"참, 진현아. 너 연락 안 되던데? 핸드폰 배터리 없어?"

"응, 비행기 타고 오면서 충전할 시간이 없어서 꺼졌나 보
다."

"그러면 어떻게 연락하지?"

"병원 응급실에 계속 있을 테니 만약 필요한 일 있으면 응
급실로 전화해."

"그래, 너무 무리하지 말고 수고해."

그렇게 진현은 곧바로 일을 시작하며 비행기에서의 일을
생각했다.

'또 소문나면 어떻게 하지?'

공항에 몰려들던 기자들이 떠올랐다. 엄청 고위 공무원인 것 같은데…….

'그래도 병원 내에서 사고 친 것은 아니니까. 크게 소문은 안 나겠지.'

진현은 그렇기를 간절히 바랐다.

하지만… 이런 바람은 항상 어긋난다.

한창 자매병원 응급실에서 정신없이 일하고 있을 때, 황문 진이 그를 불렀다.

"지, 진현아."

"왜?"

"이리 좀 와봐."

"왜? 급한 거야? 지금 환자 기록 챠팅 중인데."

"와서 봐야 할 것 같아. 빨리 와봐!"

"……?"

진현은 고개를 갸웃하며 황문진을 따라갔다.

황문진이 그를 데려간 곳에는 응급실 구석의 LCD TV였는데 9시 뉴스가 한창이었다.

불길한 느낌을 받으며 고개를 든 진현은 그대로 굳어버렸다.

기사의 제목은 이러했다.

[총리 후보, 김창영 전(前) 대법관(大法官)을 구한 하늘의 외

과의사.]

  '서, 설마……?

진현은 침을 꿀꺽 삼켰다.

TV에서는 기자와 아나운서가 한창 떠들고 있었다.

  ―유력한 총리 후보이신 김창영 전(前) 대법관(大法官)이 금일 아부다비에서 인천으로 귀국하는 비행기 편에서 자발 출혈로 중태에 빠졌던 일이 있었습니다. 안소희 기자, 말씀 전해주시죠.

차분한 인상을 가진 여성 기자에게 화면이 돌아갔다.

  ―네, 김창영 전 대법관이 개인적인 일로 아부다비에 방문했다가 홀로 귀국하던 중 일이 일어났는데요. 당시 비행기 내에서 출혈이 너무 심해 심장마비 직전의 중한 상태였다고 합니다.

아나운서가 기자에게 물었다.

  ―김창영 전 대법관이 수행원 없이 혼자 비행기에 탑승하셨었습니까?

  ―네, 평소 청렴하기로 유명한 전 대법관은 개인적인 일이라 아무도 동행하지 않고 홀로 아부다비에 갔었습니다. 따라서 비행기 안에서 발견이 더욱 늦어져 상태가 안 좋았는데, 마침 우연히 동승했던 외과의사가 응급 수술을 해 대법관의

목숨을 구할 수 있었다 합니다.

—비행기 내에서 수술을 하기가 어려웠을 텐데 대단하군요.

—네, 현장 의료진의 의견 듣겠습니다.

이번엔 인천 소재 대학병원의 외과 교수의 인터뷰였다.

—다행히 총리 후보이신 김창영 전 대법관은 고비를 넘겨 순조롭게 회복 중입니다. 심장마비가 왔을지도 모를 정도로 중한 상태였는데 모두 비행기 내에서 응급 처치가 잘 이루어진 덕분입니다. 비행기 내에서 이런 수술을 하는 건 불가능에 가까운 일인데 동승한 선생님이 기적을 만들었습니다.

여성 기자가 말을 받았다.

—대법관을 치료한 외과의사는 당연히 해야 할 일을 했다는 듯, 아무런 답례도 바라지 않고 홀연히 사라져 더욱 감동을 줬는데요. 수소문한 결과 신원을 확인할 수 있었습니다.

—누구인가요?

—대일병원의 김진현 의사라고 합니다.

거기까지 들은 진현은 머리가 하얘졌다.

'이게 뭐야? 그 환자가 전직 대법관에 유력한 총리 후보라고? 아니, 내가 아무리 뒤로 넘어져도 코가 깨지는 놈이라도 이건 좀 심하잖아?

막막한 마음이 들었다.

'왜 나한텐 맨날 이런 일이?'

9시 뉴스에 나왔으니 대일병원의 모든 사람, 아니, 전 국민이 진현을 알게 생겼다.

그것도 비행기 안에서 수술을 해 전직 대법관이자 유력한 총리 후보의 생명을 구한 외과의사로.

'아무리 핸드폰이 꺼져 있어도 그렇지, 이런 기사를 내기 전엔 나한테 허락을 받아야 하는 것 아니야? 그리고 하늘의 외과의사라니? 난 피부과를 전공할 인턴이라고!'

저 기사를 보고 대일병원 사람들, 특히 외과의 강민철 교수님이 또 무슨 생각을 하게 될지 모르겠다.

'이런 망할.'

*   *   *

진현의 걱정대로 대일병원은 난리가 났다.

홍보팀은 또 잽싸게 해당 뉴스를 메인에 팝업창으로 띄웠고, 그게 아니어도 워낙 대형 뉴스여서 병원의 모든 사람에게 소문이 퍼졌다.

"총리 후보를 치료한 김진현이가 누구야? 우리 외과라고? 우리 외과에 그런 사람이 있었나?"

"우리 외과 사람은 아니고… 그 인턴 이야기하는 것 같은데?"

"인턴?"

"왜 있잖아. 괴물인턴이라고 불리는."

"아, 그 괴물인턴 김진현! 그런데 아무리 괴물이라도 인턴인데 이게 가능한 일인가? 비행기 안에서 수술을 해 출혈 동맥을 잡다니."

"그러니까. 하여튼 진짜 괴물이야."

"김진현이는 그러면 우리 외과 전공하는 건가?"

"그렇지 않을까? 이렇게 손재주가 좋은데. 원래 지망했던 피부과는 교수 아들을 뽑기로 한 상태니까."

다들 괴물인턴 김진현이 무슨 전공을 할지 관심이 많았다.

"그래, 우리 외과 말고 다른 과를 하면 하늘이 준 재능을 썩히는 거지. 김진현이는 우리 외과를 해야 해."

"걔가 우리 밑으로 들어오면 좋긴 하겠다. 일 엄청 잘하니 우리가 편할 것 아니야?"

"그러게. 태도도 착실하고 예의 바르고."

모두 빼어난 실력과 흐뭇한 예의, 성실함을 갖춘 김진현이 외과를 전공하길 바랐다.

강민철 교수는 자식의 일처럼 흐뭇해했다.

"역시 김진현, 그놈은 생명을 살리는 외과를 해야 해."

*　　　*　　　*

그리고 대일병원뿐 아니라 진현의 부모님도 크게 기뻐했다.

"여보, 저 기사 보세요. 우리 진현이가 총리 후보인 김창영 전 대법관을 치료했대요."

부모님들은 진현이 마련해 준 새 아파트에서 기사를 봤다.

"김창영 전 대법관이면 청렴하다고 소문난 그분 아닌가?"

"네, 맞아요. 그나마 다들 기대하는 그분이에요."

김창영 전 대법관은 구질구질한 사람들만 가득한 정치계에서 대중의 신망이 두터운 인물이었다.

대한민국 정치계에서 거의 유일하게 존경받는 인물.

부모들은 진현이 그런 대단한 인물을 구한 것을 가슴 벅차게 자랑스러워했다.

"누구 닮아서 저렇게 잘났을까?"

"크흠, 당연히 날 닮은 거지."

아버지는 가슴을 펴며 말했다.

어머니가 핀잔을 줬다.

"진현이가 뭘 당신을 닮아요? 날 닮았지."

"아니야, 날 닮았어."

그들은 아들이 서로 자신을 닮았다고 주장했다. 행복한 다툼이었다.

"그런데 이제 곧 진현이 전공 정할 때 되지 않았나요?"

"난 피부과 말고 진현이가 외과 했으면 좋겠는데……."

위암을 앓았던 경험 때문일까? 아버지는 진현이 사람을 살리는 과를 하길 바랐다.

어머니도 같은 생각이었지만 강요할 생각은 없었다. 아들이 워낙 피부과를 바라는 것을 알고 있기 때문이다.

"에이, 당신도. 물론 외과를 하면 좋기야 하겠지만 진현이가 하고 싶은 걸 해야죠."

"크흠, 그거야 당연히 그렇지."

"진현이는 무슨 과를 해도 다 잘할 거니 신경 쓰지 마세요. 날 닮았으니까."

그들은 그렇게 아들의 전공 결정을 기다렸다.

어차피 얼마 남지 않았다.

어느덧 겨울로 전공의 최종 선발 시기가 코앞이었던 것이다.

이제 곧 진현이 평생을 할 전공이 결정될 것이다.

정말로 곧.

*   *   *

물론 진현은 외과를 할 생각이 없었다.

들리는 모든 소문에 귀를 막고 오로지 피부과만 바라고 시험을 준비했다.

'만점에 가까운 점수를 받으면 돼. 할 수 있어.'

그러나 잠잘 시간도 부족한 인턴 업무를 하며 공부를 하는게 쉬운 일은 아니었다. 더구나 진현의 공부를 더욱 방해하는 복병이 있었다.

"저… 여기 대일병원에서 파견 온 김진현 선생님이란 분이 계시다던데……."

한 환자의 물음에 접수처의 원무과 직원이 되물었다.

"네, 그런데요?"

"그분께 직접 진료를 받을 수는 없을까요?"

김진현은 정식 진료과장이 아닌, 파견 온 인턴에 불과하다. 원무과 직원은 당황해 다른 의사를 권유했다.

"김진현 선생님 말고 다른 선생님들 계신데 그분들께 진료 받으시죠?"

"그렇긴 하지만… 몸이 안 좋아서 용한 분께 치료받고 싶어서… 저 일부러 김진현 선생님한테 진료받으러 온 거예요."

몇 번 더 권유해도 환자는 완강했다.

"아, 네. 그러면 연락을 드리겠습니다."

결국 원무과는 진현에게 연락을 했고, 연락을 받은 진현은 입을 벌렸다.

"아니, 전 인턴입니다. 다른 전문의 선생님들의 진료를 받게 하시죠."

"설명했으나 너무 완강하셔서… 어려울까요?"

진현은 곤란한 마음이 들었으나 찾아온 환자를 박정히 쫓아낼 수도 없었다.

어쩔 수 없이 진현은 그 환자를 담당해 치료했다.

"설사가 많이 심하십니까?"

"네, 배도 아프고요."

"제가 누를 때 아프거나 하지는 않습니까?"

진현은 청진기로 배를 청진 후 부드럽게 배를 눌러 압통(Tenderness)를 확인했다.

"네, 누를 때 아프거나 하지는 않으세요."

진현은 살짝 웃으며 말했다.

"급성 장염으로 보입니다. 수액 치료를 받으면 금방 호전을 보일 것입니다."

그렇게 검진 결과 급성 장염 환자로 특별할 것은 없었고, 수액 치료 후 금방 좋아져 퇴원했다.

"감사합니다. 역시 용하시네요. 선생님 덕분에 좋아져 퇴원합니다."

별로 한 것도 없는데, 환자는 고개를 숙이며 감사를 표했다.

진현은 급히 고개를 저었다.

"아닙니다. 다음엔 조심하세요."

하지만 그게 끝이 아니었다.

어디서 소문이 퍼졌는지 총리 후보를 치료한 명의(名醫),

김진현 외과 선생님을 찾아 꾸역꾸역 환자들이 몰려든 것이다.

"여기 그 용한 선생님이 있다며?"

"그렇게 치료를 잘한다던데?"

"옆집 사는 김씨도 금방 좋아져서 퇴원했어."

"나이도 어린데 대단하네."

"내 조카가 대일병원에 직원으로 근무하는데 원래 대일병원에서 유명한 천재래."

그렇게 환자들이 끝없이 몰려들었다.

울산의 병원은 뜻하지 않은 호황에 희희낙락했다.

진현에게 아예 진료실까지 따로 마련해 주고 파견 근무하는 동안 추가 보너스까지 약속했다.

하지만 진현은 죽을 맛이었다. 속으로 비명을 질렀다.

'보너스 필요 없어! 그냥 다른 의사한테 진료받으라고! 난 공부해야 해!'

울산의 병원은 대신 진현의 인턴 업무를 빼주었지만 결국 누군가 해야 하는 일이다.

진현이 인턴 업무를 안 하면 황문진 등이 고스란히 손해를 봐야 하니 안 할 수도 없다.

그렇게 인턴 업무에 추가로 환자까지 진료하니 시간이 너무 부족했다.

'제길, 공부해야 하는데.'

피부과에 합격하려면 만점에 가까운 점수를 받아야 한다.

그렇다고 찾아온 환자들을 쫓아낼 수도 없고…….

어쩔 수 없이 진현은 환자를 진료하는 시간 외에 모든 시간을 공부에 투자했다.

엘리베이터를 탈 때, 복도를 걸어 다닐 때, 밥을 먹을 때… 정말 필사적인 의지로 공부했다. 잠을 잘 시간은 거의 없었다.

그렇게 보름 넘게 지내자 진현은 머리가 핑 돌았다.

'아, 진짜 힘들구나.'

최근에 가장 많이 잔 시간이 2시간인가? 그것도 쪼개서 잔 거다.

'연속해서 4시간만 잤으면… 그러면 소원이 없을 텐데.'

그런 생각을 하던 중 코 안이 화끈 뜨거워지더니 새빨간 피가 뚝뚝 떨어졌다.

급히 휴지로 코를 막으며 생각했다.

'조금만 더 버티자. 이제 곧 시험이야.'

선발 시험은 12월 초다. 이제 11월 말이니 정말 얼마 안 남았다.

'그래, 조금만 더 힘내자. 피부과만 합격하면 이런 삶도 끝이야.'

그는 희망의 낙원을 꿈꾸듯 피부과를 생각하며 자신을 달랬다.

그렇게 지내던 중이었다.

진료실에서 환자를 보다 잠깐 시간이 남아 책을 보던 때 누군가 똑똑 노크를 했다.

"들어오세요."

진현이 문을 열자 원무과장이 흥분한 얼굴로 들어왔다.

진현은 의아한 표정을 지었다.

무슨 일이지?

"무슨 일입니까?"

"김진현 선생님, 선생님을 뵈러 귀한 손님이 오셨습니다. 시간 괜찮으시죠?"

"아, 네. 괜찮습니다."

찾아올 사람이 없는데? 그것도 귀한 손님이라고?

"이쪽으로 오십시오."

원무과장의 안내와 함께 곧 노년에 가까운 반백의 남자가 휠체어에 탄 채 들어왔다.

'누구지?

눈썹을 찌푸리며 생각을 더듬다 진현은 깜짝 놀라 자리에서 일어났다.

그였다!

총리 후보인 김창영 전(前) 대법관!

그가 진현에게 감사의 인사를 하러 직접 울산까지 내려온 것이다.

＊　　　＊　　　＊

"아……."

진현이 당황하여 입을 못 여는 사이 김창영 전 대법관이 온화하게 웃으며 말했다.

"김진현 선생님이시죠? 김창영이라고 합니다. 갑자기 찾아와서 당황하셨죠?"

"아, 아닙니다."

그런데 놀라운 일이 일어났다.

차기 총리로 유력한 김창영 전 대법관이 고작 인턴에 불과한 진현에게 고개를 숙인 것이다.

"생명의 은인을 뵈러 왔습니다. 제 부족한 목숨을 살려주셔서 감사합니다."

"……!"

진현은 급히 마주 고개를 숙였다.

"해야 할 일을 했을 뿐입니다. 신경 쓰지 마십시오."

그 겸양에 전 대법관은 고개를 저었다.

"아닙니다. 비록 당시 의식은 없었지만, 다 이야기를 전해 들었습니다. 김진현 선생님이 아니었으면 전 죽은 목숨이었을 겁니다."

그 말은 한 치의 거짓도 없는 사실이었다.

만약 진현이 아니었으면 국민의 신망을 받는 김창영 전 대법관은 그때 목숨을 잃었을 게 분명했다.

당시 진현이 아닌 다른 외과의사가 비행기에 있었다면 김창영 전 대법관을 구할 수 있었을까?

글쎄. 쉽지 않았을 것이다.

"이렇게 늦게 찾아뵈어 죄송합니다. 퇴원은 며칠 전에 했지만, 의료진이 절대 안정을 요구해서……."

"안 내려오셨어도 되는데… 정말 신경 안 쓰셔도 됩니다. 의사로서 마땅히 해야 할 일을 했을 뿐입니다."

진현은 고개를 저으며 겸양했다.

김창영은 슬쩍 웃었다.

"사람으로 태어나 은혜를 잊으면 안 되죠. 그래도 김진현 선생님 덕분에 많이 좋아졌습니다. 사실 휠체어도 안 타도 되는데, 워낙 주변 사람들이 뭐라 그래서 타고 있는 것입니다. 다시 한 번 감사드립니다."

평생 한 번 볼까 말까 한 높은 직위의 사람에게 이런 감사를 받다니.

진현은 난감한 마음이 들었다.

"정말로 신경 안 쓰셔도 됩니다."

"아닙니다. 제가 너무 고마워서 그렇습니다. 제 직업이 법관이라 그때 아무 동의도 없이 수술을 결정하는 게 얼마나 어려운 결정이었는지 잘 압니다. 만약 잘못되면 살인죄를 덮어

쓸 수도 있었는데 김진현 선생님은 자신의 모든 것을 걸고 저를 구해준 것입니다. 그 은혜는 고작 말로 갚을 수 있는 게 아니지요."

그 말은 조금의 과장도 아니었다.

자신의 안위를 생각 않고 상관없는 자신을 구해준 진현에게 김창영은 말로 표현할 수 없는 감사를 느끼고 있었다.

"김진현 선생님."

"......?"

김창영은 잔잔히 진현을 바라봤다.

"말로만 감사를 표하기에는 제가 너무 마음이 불편합니다. 혹시 제게 원하는 것은 없으신가요? 비록 보잘것없는 몸이지만 최선을 다해 은혜를 갚겠습니다."

"......!"

진현은 놀란 표정을 지었다.

차기 총리로 확실시되는 김창영이면 무엇을 요구해도 다 들어줄 수 있으리라.

그가 간절히 원하는 피부과 합격도.

하지만 진현은 고개를 저었다.

그런 것을 바라고 한 일이 아니다.

"그저 그 자리에 제가 있었을 뿐입니다. 특별히 감사를 받고자 한 일은 아니니 정말로 신경 안 쓰셔도 됩니다."

나직하지만 단호한 말이었다.

그런 진현의 태도에 김창영은 감탄했다.

'대단하구나. 젊지만 정말 대단해.'

그는 법조계의 판사로 오래 있으면서 수많은 사람을 경험했다.

그래서 진실된 사람됨을 보는 눈 같은 게 있었다.

그런 그가 봤을 때, 이 앳된 청년은 그저 환자를 생각하는 참된 의사였다.

진정한 참된 의사.

'하나님의 축복이군. 같은 비행기 안에 이런 참된 의사를 동승시켜 주다니.'

김창영은 고개를 끄덕였다.

"알겠습니다. 하지만 저는 이 은혜를 잊지 않을 테니, 혹시라도 도움이 필요한 일이 있으면 연락하십시오. 제가 할 수 있는 일이라면 무슨 일이라도 도와드리겠습니다."

"괜찮습니다."

김창영은 웃으며 인사를 했다.

"어쨌든 제가 너무 시간을 뺏은 것 같군요. 바쁘실 테니 이만 가보도록 하겠습니다."

"아, 네. 조심히 돌아가십시오."

"참, 김진현 선생님. 제가 하나만 부탁드려도 되겠습니까?"

진현은 의아한 얼굴을 했다. 총리 후보인 김창영이 자신에게 무슨 부탁을?

"네, 말씀하십시오."

"제가 혹시 다음에 또 몸이 안 좋으면 그때도 선생님의 진료를 부탁해도 될까요?"

진현은 싫었지만 거절을 할 근거가 없었다.

"네, 그렇게 하십시오."

'어차피 피부과에 합격하면 볼 일 없겠지. 피부미용 받으러 올 일은 없을 테니.'

그는 그렇게 생각했다.

김창영 전 대법관은 인사를 하고 휠체어를 끄는 비서와 함께 밖으로 나갔다.

*   *   *

의전용 차량에 탑승한 김창영은 서울로 출발했다.

"곧바로 청와대로 가시겠습니까?"

"그래야겠지."

"몸은 정말 괜찮으십니까?"

비서가 걱정스레 물었다.

"괜찮네. 이제는 그냥 걸어 다녀도 될 것 같아."

"정말 다행입니다."

"그래, 다 저 김진현 선생님 덕분 아니겠나."

김진현은 보답을 거절했지만 법조계에서 가장 큰 존경을 받는 김창영은 원한은 잊어도 은혜를 잊는 사람이 아니다.

'언젠가 꼭 보답을 해야지.'

그는 그렇게 다짐했다.

비서가 웃으며 말했다.

"저 젊은 의사 선생님이 마음에 든 것 같습니다."

"저런 의사 선생님이 어찌 마음에 안 들 수 있겠나? 자네가 보기에는 어떤가?"

"저도 나중에 저런 의사 선생한테 진료받고 싶더군요. 조사를 해보니 근무하는 대일병원 내에서도 평판이 아주 좋습니다. 나이와 경험을 초월한 천재에, 성품, 환자를 대하는 태도… 모두 최고의 평입니다."

"인턴이라고 했지? 이제 곧 전공을 결정하겠군. 무슨 과에 지원한다고 하나?"

무슨 과더라?

병원 내에 김진현에 대한 이런저런 소문이 워낙 많아서 비서는 잠깐 생각을 더듬은 후 답했다.

"외과였던 것 같습니다."

"그렇군. 어울려. 참된 의사야, 참된 의사."

김창영은 고개를 끄덕였다.

외과.

그에게 가장 어울리는 과였다.

저런 참된 의사가 외과를 해야지, 누가 하겠는가?

"지금도 이렇게 훌륭한데⋯ 나중에는 어떤 외과의사가 될지 기대가 되는구만."

김창영은 창밖을 바라보며 중얼거렸다.

3장

전공 최종 결정 (2)

　한편 참된 의사 김진현은 최후의 공부 스퍼트를 올렸다.

　11월이 끝나고, 12월이 되자 진현은 부산의 자매병원으로 근무처를 옮겼다.

　다행히 이번엔 진현을 찾는 환자가 많이 없어서 그는 공부할 시간을 가질 수 있었다.

　그리고 대망의 원서 접수 기간이 다가왔다.

　'부산에서 원서 접수하러 서울까지 갈 순 없으니 다른 사람에게 부탁해야겠구나.'

　누구한테 부탁할까 고민했다.

　황문진은 지금같이 지방에 있고… 고등학교 때부터 같은

친구인 이상민?

'이상민… 됐어.'

이상민을 떠올리자 진현은 자신도 모르게 인상을 찌푸렸다.

이전의 일이 떠올랐다.

'100억 줄 테니 의사를 그만두라고? 도대체 무슨 생각으로 한 말이냐?

고등학교 때부터 친하게 지내왔지만 정말 속을 모르겠다.

아니, 친하게 지내오긴 한 건가?

이제 와서는 그가 자신을 친구라 생각하는지도 의문이었다.

'혜미에게 부탁해야겠구나.'

어차피 자신의 원서를 접수할 때 같이 써서 내주면 되는 일이라 무리한 부탁은 아니었다.

결정한 진현은 곧바로 전화를 했다.

띠리리.

몇 번의 전화벨과 함께 혜미가 전화를 받았다.

—진현아?!

반가워하는 목소리가 들렸다.

그 밝은 톤의 목소리를 들으니 진현은 자신도 모르게 미소를 지었다.

'오랜만이구나.'

파견 근무를 온 다음, 처음 듣는 목소리다.

자신은 바빠서 못했고, 혜미는… 그냥 연락이 없었다.

그리고 보니 왠지 서운한 마음이 들어 진현은 물었다.

"잘 지내냐? 연락도 한 번도 없고."

―치이, 너도 한 번도 연락 안 했으면서. 잘 지냈어? 힘들지?

"응, 나야 잘 지낸다. 너는 별일 없고?"

반가운 마음에 이런저런 이야기를 하다 보니 훌쩍 시간이 지났다. 20분은 지난 것 같다.

'아, 벌써 시간이.'

시계를 보고 진현이 서둘러 용건을 말했다.

"혜미야, 부탁이 있는데 들어줄 수 있을까?"

―싫어. 뭐해 줄 건데?

장난기 담긴 목소리다.

진현은 웃으며 답했다.

"밥 사줄게. 소고기."

―또 소고기? 그건 네가 좋아하는 거잖아!

잠시 티격태격 후 혜미가 말했다.

―그래, 돌아오면 밥 꼭 사줘야 해. 무슨 부탁인데?

"나 피부과에 원서 좀 대리 접수 해줘."

―…….

그 말에 혜미는 잠시 답을 하지 않았다. 곧 수화기 너머로 걱정 담긴 답이 들려왔다.

―피부과? 정말 괜찮겠어?

그녀는 그가 헛되이 낙방할까 봐 걱정하고 있었다.

하지만 진현은 담담히 답했다.

"응, 괜찮다. 접수해줘."

―…알았어. 대신 꼭 합격해야 해?

"걱정 말아라. 꼭 합격하마."

―그래, 합격해서 소고기 사줘. 꼭. 꼭.

"그래."

그 뒤로 둘은 이런저런 이야기를 더했다.

용건은 진즉 끝났건만 왠지 통화하는 게 즐거운 느낌이 들었다.

그러다 응급실 복도에서 누군가 그를 불러 진현은 말했다.

"혜미야, 이만 끊어야겠다. 잘 지내고. 나중에 보자."

진현은 옅은 아쉬움을 느끼며 전화를 끊고 업무를 처리하러 갔다.

한편 서울에서 진현과 통화를 끊은 혜미도 아쉬운 얼굴로 핸드폰을 바라봤다.

'더 통화하고 싶었는데…….'

하지만 그녀는 곧 고개를 저었다.

'멀어져야 하는데… 잘 안 되네.'

안다.

진현이 좋아하는 것은 자신이 아니다.

진현과 거리를 두어야 한다는 것을 알지만, 마음처럼 되지 않았다.

'어떻게 해. 목소리만 들어도 좋은걸……'

그녀는 깊게 한숨을 내쉬고 창밖을 바라봤다.

그가 보고 싶었다.

*   *   *

이윽고 시간이 흘러, 대망의 레지던트 선발 시험이 다가왔다.

3,000여 명의 전국의 모든 인턴은 마치 수능을 보듯 고등학교 시험장에 모여 시험을 쳤다.

내과, 외과, 산부인과, 소아과로 구성된 시험은 매년 그렇듯 극악의 난이도였다.

이 시험의 결과에 따라 평생을 함께할 전공이 결정되니 다들 필사적으로 시험을 풀었다.

진현도 최선을 다해 풀었다.

'이전 수능 생각나는군.'

7년 전, 수능 때도 참 힘들었다.

난데없이 위궤양 천공이 생겨 죽을 뻔했으니까.

그래도 그는 그런 악조건 속에서도 무려 전국 수석을 차지했다.

이번에는 그때보다 훨씬 조건이 좋다.

몸이 아픈 것도 아니고, 레지던트 선발 시험은 실제 환자를 진료하는 내용이 주를 이루기 때문에 진현에게 압도적으로 유리했다.

특히 레지턴트 선발 시험의 가장 고난이도 과목은 외과다.

이번에만 그런 것이 아니라 매년 그랬다.

내과, 산부인과, 소아과는 그나마 책을 보면 풀 수 있는 문제들이 나오지만 외과는 실제 외과의사가 아니면 손도 못 대는 문제가 수두룩했기 때문이다.

실제 외과 과목 문제를 풀고 있다 보면 '외과 전문의 시험'에 낸 문제를 잘못 갖다 붙인 것이 아닌지 의구심이 들 정도였다.

'할 수 있어.'

그는 피부과 합격을 위해 굳은 의지로 문제를 풀었다.

그렇게 4과목의 시험이 끝난 후, 어린 의사, 인턴들은 불안, 초조, 기대, 후련함이 공존하는 얼굴로 시험장을 나왔다.

"진현아, 잘 봤어?"

황문진이 진현에게 다가왔다.

"그냥… 잘 모르겠다."

"맨날 또 그런다."

고등학교 때도 진현은 항상 이렇게 말하며 전교 1등을 독차지했다.

　"잘 봤을 거면서."

　"그냥 잘 봐선 안 되니까."

　황문진은 곧 자신의 실수를 깨달았다.

　당연히 진현은 시험을 잘 봤을 거다. 하지만 그냥 잘 보는 수준으로는 안 된다.

　압도적인 전국 수석을 해야 한다.

　그는 급히 말했다.

　"지, 진현이 너는 잘 봤을 거야. 만점일 거야."

　진현은 슬쩍 웃었다.

　"그래, 고맙다."

　"오늘 우리 대충 일하다 술이나 먹으러 가자. 시험 친 날이니 병원에서도 오늘은 특별히 오프를 준다고 했어."

　오늘은 인턴들에게 가장 뜻 깊은 날이다.

　병원마다 과마다 다르지만 적당히 근무를 빼주는 경우가 많고 진현과 황문진이 일하는 파견 병원도 그들에게 저녁 오프를 약속했다.

　"그래, 술이나 먹자. 소고기랑."

　"내가 살게!"

　황문진이 큰 목소리로 말했다.

*   *   *

울산을 떠나 부산에서 파견 근무 중인 그들은 그날 저녁, 해운대로 술을 마시러 갔다.

"부산에선 회를 먹어야 하는데."

"그래도 난 소고기가 좋다."

"그래, 소고기 먹자. 내가 다 살게!"

황문진이 가슴을 두드렸다.

그는 아무래도 시험을 잘 본 표정이다.

해운대 해안가 뒤쪽에 위치한 유명한 암소갈비 집에 도착한 그들은 술잔을 기울였다.

"크… 쓰다."

"너무 무리해서 먹지 마라."

"아니야. 오늘 같이 시험 끝난 날 마셔야지. 고기도 맛있네."

야들야들한 고기와 소스에 끓여먹는 면 요리는 나름 해운대의 명물이었다.

가격도 비싸지 않았다.

둘은 고기를 먹으며 술잔을 비웠다.

그렇게 얼마나 마셨을까?

황문진이 술잔을 내려놓고 한참을 주저하다 말했다.

"진현아."

"왜?"

"······."

"할 말이 있으면 해라."

"···만약 떨어지면 어떻게 할 거야?"

진현은 잠시 입을 다물었다.

"글쎄."

시험 성적을 떠나 붙을 확률보단 떨어질 확률이 높았다.

병원의 레지던트 선발은 수능으로 붙는 대학 지원이 아니기 때문이다.

전공의 선발에 가장 중요한 요소는 출신 학교도, 대학 때 성적도, 시험 성적도, 인턴 인사 평가도 아니다.

바로 선발하는 교수의 마음이었다.

다른 게 모두 훌륭해도, 선발을 하는 교수가 면접 같은 주관적인 점수 항목에서 최하점을 줘 떨어뜨리면 끝이었다.

이유야 대게 마련이다.

부조리가 가득한 병원의 한 단면이었다.

단 하나, 입맛에 안 맞아도 못 떨어뜨리는 경우가 있었다.

모든 점수의 총합이 압도적일 경우다. 그러면 떨어뜨리고 싶어도 뽑을 수밖에 없다.

진현이 노리고 있는 경우다.

'할 만큼 했으니 이제는 기다릴 수밖에.'

정말 할 수 있는 것은 모두 했다.

무려 11년 동안이나.

이제는 결과를 기다릴 차례다.

황문진이 위로하듯 말했다.

"잘될 거야. 오늘은 다 잊고 술이나 먹자."

"그래."

둘은 건배를 하고 소주를 입에 털어 넣었다.

그렇게 밤이 깊어갔다.

$$*\quad\quad*\quad\quad*$$

수능 때와 달리 전공의 선발 결과는 오래 걸리지 않는다.

시험 뒤 형식적인 대일병원 원장단 면접을 거치고 일주일
도 안 되어서 결과가 발표된다.

"진현아, 들었어?"

"뭐?"

"우리 부산에 근무 중이라 면접은 안 와도 된데. 그냥 인턴
인사 평가로 대체해 주겠데."

"그래? 이상하군."

원래 파견 근무 중이라도 면접은 전부 참석해야 한다."

"아마 여기 병원에서 요청했나 봐. 우리가 서울 왔다 갔다
하면 진료 공백이 생기니까. 요즘 이 병원 좀 어수선하잖아."

그렇긴 했다.

겨울이라 그런지 유행처럼 생기는 바이러스성 폐렴과 다중 충돌 사고들로 중한 환자는 넘치는데, 마침 의사 한 명이 사표를 냈다.

만약 인턴들이 면접으로 서울로 빠지면 병원은 완전히 마비될 것이다.

'뭐, 예외적인 일인 것 같지만, 어차피 면접은 형식적인 거고. 인턴 인사평가로 대체해 주면 나쁠 것은 없지.

황문진과 진현 둘 모두 인턴 인사 평가는 최고점에 가까웠다.

그리고 며칠이 지나 드디어 결과 발표 날이 다가왔다.

먼저 황문진이 컴퓨터로 결과를 확인했다.

〈대일병원 외과 황문진 합격.〉

예상대로 합격이었다.

"축하한다."

"응!"

황문진의 얼굴이 환해졌다. 환호성을 지르려다 진현을 의식해 자제했다.

"진현아, 너 확인해봐."

"그래."

진현은 컴퓨터로 수험번호를 입력했다.

마우스 커서가 모레시계로 변했다.

1초도 남짓한, 짧지만 긴 시간이 지나고 화면이 바뀌었다.

결과 발표 화면이었다.

진현과 황문진은 침을 삼키며 화면을 바라봤다.

그리고…….

*　　　*　　　*

⟨김진현⟩

전공의 선발 시험 점수 : 48/50

석차 : 1/2987

50점 만점에 총점 48점!

정말 거의 만점에 육박하는 점수를 받은 것이다.

석차는 당연히 전국 1등이었다.

그런데… 둘은 신음을 흘렸다.

"진현아… 이게 어떻게 된 거야?"

"……."

"너 피부과 쓴 것 아니었어?"

"피부과 쓴 것 맞다."

"그런데……."

황문진의 목소리가 떨렸다.

"이거 왜?"

화면에는 이렇게 적혀 있었다.

〈대일병원 외과 김진현 합격.〉

"......!"

진현의 눈이 흔들렸다.

그는 자신의 눈이 잘못됐나 슥슥 비비기도 하고, 화면을 새로고침하기도 했다.

하지만 똑같았다.

피부과가 아니라 외과.

이 두 글자만 화면에 나타났다.

"이, 이게 무슨……?"

진현은 급히 혜미에게 전화를 걸었다.

—어, 진현아?

"혜미야, 너 내 원서 피부과로 접수했지?"

—응, 피부과로 접수했는데? 왜?

"피부과가 아니라 외과로 접수가 되어 있어."

—뭐?!

깜짝 놀란 목소리가 들렸다.

—그럴 리가 없는데? 나 분명 피부과로 접수했어!

진현은 아찔한 마음이 들었다.

헤미가 잘못 접수했을 리는 없을 거다. 뭔가 문제가 생겼다.

"알겠다. 내가 확인해 볼게. 끊는다."

―어, 나도 확인해 볼게!

진현은 이번에는 원서 지원을 담당하는 교육수련부에 전화를 걸었다.

합격 발표로 문의 전화가 많은지 통화 중이었다.

'이런.'

진현은 초조함에 입술을 깨물고 계속 전화를 걸었다.

한참 뒤에나 전화가 연결되었다.

―네, 대일병원 교육수련부입니다.

"김진현이라고 합니다. 합격 발표 때문에 전화했습니다."

그는 빠르게 사정을 설명했다.

전화를 받은 상대는 곤란한 목소리로 말했다.

―어… 분명 외과로 접수되어 있는데… 이게 어떻게 된 거지? 저희가 확인해 보겠습니다.

진현은 막막한 마음이 들었다.

지금 확인해서 뭐한단 말인가? 이미 합격자 발표가 다 나왔는데!

'제길. 이게 어떻게 된 거야. 내가 외과라고?'

"문진아, 정말 미안한데. 나 오늘 하루만 내 업무를 맡아주면 안 되겠냐? 직접 가서 확인해 봐야겠다."

"응, 빨리 가봐."

황문진은 급히 고개를 끄덕였다. 진현은 곧바로 서울로 올라갔다.

절대 인정할 수 없었다.

내가 외과라니!

*　　　*　　　*

"죄송합니다. 이게 어떻게 된 일인지… 뭔가 착오가 있었던 것 같습니다. 저희야 당연히 선생님이 외과에 지원한 줄 알고……."

교육수련부 직원이 사색이 된 얼굴로 진땀을 흘리며 설명했다.

무슨 문제가 생겼던 것인지 중간에 진현의 지원과가 바뀌었다.

최종적으로 외과로 전산에 접수가 됐는데, 담당자는 유명인인 진현이 당연히 외과에 지원하는 줄 알고 별생각 없이 넘겼단 거다.

웃음도 안 나올 정도로 어이없는 이야기였다.

이렇게 자신의 지원과가 바뀌다니?

전무후무한, 초유의 사고였다.

더구나 교육수련부는 어떤 과정에서 문제가 생겼는지 짐

작도 못하고 있었다.

"전 외과가 아니라 피부과 지원입니다. 이런 식으로 낙방하는 것은 너무 억울합니다. 꼭 조치를 취해주십시오."

만점에 가까운 점수로 선발 시험 전국 수석을 차지했다.

그런데 이런 착오로 낙방하게 되다니?

말도 안 된다.

하지만 교육수련부 직원은 고개를 숙일 뿐 뚜렷한 해결책을 제시하지 못했다.

"이미… 전부 합격자 통보가 전달돼서 결과를 뒤집기는 어려울 것입니다."

"이건 제 잘못이 아닙니다. 그쪽에서 제대로 관리를 못해서 이런 문제가 생긴 것 아닙니까? 꼭 책임져서 조치를 취하십시오."

진현은 평소답지 않게 강경한 어투로 말했다.

당연했다. 평생을 함께할 전공과 관련된 일이다.

고작 이런 일로 꿈을 꺾을 위기에 처하다니?

너무 어처구니가 없어 화가 나다 못해 웃음이 나왔다.

하지만 직원도 답이 없었다.

"일단 피부과와 이야기해서 최대한 노력을 해보겠습니다. 하지만 김진현 선생님을 합격시키려면, 이미 합격한 다른 선생님을 불합격시켜야 해서……."

레지던트 선발은 대학 입학시험이 아니다.

각 학회에서 병원별로 배정해 준 TO대로 전공자를 뽑는 것으로 대학 입학시험처럼 추가 합격을 시켜주는 것은 불가능하다.

'내가 피부과에 들어가려면 기존 합격자를 떨어뜨려야 해. 하지만……'

진현은 막막한 마음이 들었다.

피부과에 합격한 다른 선생님이라면, 신라대 의대 출신의 피부과 교수의 친아들이다.

과연 피부과에서 친아들을 떨어뜨리며 진현을 구제해 줄까?

"하하."

교육수련부에서 밖으로 나온 진현은 헛웃음을 터뜨렸다.

"제길!"

최선을 다했건만 왜 이렇게 꼬인단 말인가?

빌어먹을 일이었다.

*   *   *

별 소득 없이 부산으로 내려온 진현은 무기력증에 빠졌다.

부산 파견 병원 당직실에 누워 멍하니 생각했다.

'앞으로는 어떻게 하지?'

교육수련부에서는 최대한 노력해 보겠다고 했으나, 진현

은 기대하지 않았다.

잘 해결될 리가 없었다.

물론 법원에 고소해 구제 요청을 해볼 수 있겠으나 처리하는데 2년은 넘게 걸린다.

아무런 의미가 없다.

'하, 난 결국 피부과를 할 운명이 아니었던 건가.'

한국대 병원에서도 억울하게 피부과 교수에게 찍혀 쫓겨나듯 대일병원으로 왔는데 또 이런 꼴이라니.

보이지 않는 운명이 피부과에서 그를 밀어내고 있는 듯한 느낌이다.

'더구나 다른 과도 아니라 외과에 합격하다니.'

착오가 생겨도 하필 외과에 합격하다니.

그것도 웃겼다.

많은 사람이 그렇게 외과를 권유할 때 완강히 거부했건만 결국 외과에 합격한 것이다.

'하. 그냥 외과를 해야 하는 건가……'

물론 외과가 싫은 것은 아니었다.

은밀한 곳에 위치한 그의 깊은 본마음은 수술과 사람을 살리는 외과를 바라고 있었다.

하지만 그 길을 선택함으로 짊어져야 할 고된 삶이 막막했다.

고된 길을 걸어도 제대로 보상받지 못할 가능성도 그의 발목을 잡았다.

실제로 지난 삶에서도 그렇게 열심히 노력했건만 결국 경쟁에서 밀리고, 개업 실패로 파산하지 않았던가?

'하아… 모르겠다. 결국 난 외과를 할 운명인 것인가……'

물론 정 피부과를 하고 싶다면 이번 년도에 외과 합격을 포기하고, 다음에 피부과 재수를 하는 방법도 있다.

실제로 원하는 과를 위해 재수를 하는 것은 드문 일이 아니니까.

하지만 진현은 쓴웃음 지었다.

'재수를 한다고 해도… 피부과에 붙을 수 있을까?'

지금까지도 그의 능력이나 노력이 부족해서 피부과에 떨어진 게 아니었다.

그저 운명같이 떨어진 것이다.

왠지 진현은 재수를 해도 똑같을 것 같은 느낌이 들었다.

그냥 근거 없는 느낌이었다.

'그런데 왜 지원과가 바뀐 걸까? 도대체 왜? 정말로 전산 오류?'

교육수련부는 아마 전산 사고가 생겼던 것 같다고 하지만… 정말일까?

지금까지 한 번도 그랬던 적이 없는데 하필 자신에게?

'누가 조작이라도 한 것은 아니겠지?'

답답한 마음에 그런 생각도 들었다.

하지만 누가 조작을 한단 말인가?

교육수련부를 포함한 레지던트 선발의 일련 과정에 손을 쓸 수 있는 인물이 개입했다면 모를까 아니면 불가능하다.

그 정도의 인물이 고작 인턴인 자신의 지원과를 조작할 리도 없고.

그러면 원서를 접수한 혜미?

'아니야. 혜미는 절대 아니야.'

그럴 이유도 없고, 그럴 리도 없다.

"하아."

그런데 그때, 전화벨이 울렸다. 진현은 힘없이 전화를 받았다.

"네."

─혹시 김진현 선생님 핸드폰입니까?

"네, 맞습니다. 누구십니까?"

─총리실의 이윤서 비서라고 합니다. 지금 선생님께서 파견 근무 중인 부산 성희병원 앞인데 혹시 잠깐 뵐 수 있으십니까?

그 말에 진현은 깜짝 놀랐다.

총리면 이전 인연이 있던 김창영 전(前) 대법관을 뜻한다.

그런데 총리실의 비서가 왜 나를?

＊　　　＊　　　＊

"네, 잠깐 기다리십시오."

가운을 입은 채 병원 로비 밖으로 나오니 이전 김창영을 모시고 울산에 온 비서가 눈에 들어왔다.

"김진현입니다. 무슨 일이십니까?"

진현이 의아한 목소리로 물었다.

총리실의 이윤서 비서는 깍듯한 태도로 진현을 맞았다.

"안녕히 지내셨습니까?"

잘 지내진 못했지만 진현은 대충 대답했다.

"아, 네. 그런데……?"

비서는 씨익 웃으며 말했다.

"외과 합격을 축하드립니다."

"……!"

진현은 속으로 입을 벌렸다.

설마 여기까지 온 게?

"네, 총리께서 공무로 직접 오시지 못해 저를 대신 보냈습니다. 외과 합격을 다시 한 번 축하드립니다."

"……."

그러면서 그는 두툼한 상자를 내밀었다.

"이건……?"

"작은 마음의 선물입니다. 이전 은혜도 제대로 갚지 못해 총리께서 많이 속상해하셨으니, 부디 사양하지 말아주십시오."

"……"

부담스러운 얼굴로 상자를 여니, 확대경이 달린 안경이 모습을 드러냈다.

'수술용 확대경, 루뻬(Loupe).'

수술용 확대경인 루뻬는 수술 필드를 2.5배에서 5배 정도 확대해 보여주는 외과의사의 필수품이었다.

이전 삶에서 진현도 루뻬를 썼었다.

몇십만 원짜리 보급품으로.

하지만 총리가 선물로 산 루뻬는 예전의 그가 쓰던 것과는 비교도 안 되는 독일제 최상품이었다.

정확한 가격은 몰라도 수백만 원은 가볍게 넘을 것이다.

"이건 받을 수 없습니다."

진현은 고개를 저었다.

너무 고가의 선물이다.

더구나 총리는 그저 잠깐 스쳐 간 인연일 뿐 자신의 부모도, 친척도, 스승도 아니지 않는가?

하지만 비서는 부드럽게 웃었다.

"그러지 말고 받아주십시오. 총리께서는 선생님의 외과 합격 소식에 정말 많이 기뻐하셨습니다. 이전 도와주신 것도 보답을 하지 못했는데 이 선물도 안 받으시면 많이 실망하실 것입니다."

"하지만……."

"부담스럽게 생각하지 마십시오. 이 루뻬를 통해 더 많은 환자를 구하면 되는 것 아니겠습니까? 선생님이 안 받으시면 제가 서울에 가서 혼납니다."

"……."

몇 번 더 거절했으나 비서는 완강했다. 결국 진현은 항복할 수밖에 없었다.

"그러면 저는 돌아가겠습니다. 다시 한 번 외과 합격을 축하드립니다."

"……."

비서는 차를 타고 서울로 올라갔고 홀로 남은 진현은 멍하니 선물을 바라봤다.

'이 루뻬를 통해 더 많은 환자를 구하라고?'

한숨이 나왔다.

그런데 그때였다.

등뒤에서 생각지도 못한 목소리가 들려왔다.

"지, 진현아."

"……!"

진현의 눈이 크게 떠졌다.

내가 지금 충격으로 환청을 듣는 건가?

하지만 환청이 아니었다.

"진현아. 어떻게 해… 피부과 그렇게 하고 싶었는데……."

떨리는 목소리.

혜미였다!

그녀가 눈물을 글썽거리며 진현을 바라보고 있었다.

진현은 놀라 물었다.

"어떻게 여기에?"

"너 보려고 급하게 내려왔어. 미안… 내가 접수한 후 제대로 확인을 했어야 했는데. 정말 미안……."

그녀는 미안함에 고개를 들지 못했다.

진현의 접수 오류를 자신의 탓으로 생각하는 듯했다.

진현은 쓴웃음을 지었다.

"괜찮다. 네 잘못이 아니야."

어떻게 그게 그녀의 잘못이겠는가?

굳이 따지면 확인을 안 한 자신의 멍청한 잘못이지.

"아, 아니야. 내가 확인했어야 하는데……! 너 그렇게 피부과를 하고 싶어했는데 내가 확인을 안 해서……!"

혜미는 금방이라도 울음을 터뜨릴 것 같은 얼굴로 울먹거렸다.

자신을 생각하는 그녀의 마음이 느껴져 진현은 울컥 가슴이 흔들렸다.

실제로 혜미의 잘못이라도 어떻게 내가 그녀를 원망할까?

"괜찮아. 정말로."

"하, 하지만……!"

미안함인지 안타까움인지 결국 그녀의 눈에서 한 방울 눈물이 흘러내렸다.

한 방울로 시작한 그 눈물은 두 방울, 세 방울… 점차 봇물 터지듯 터졌다.

"미, 미안… 내가 잘 확인을 했어야 했는데……."

그 울음에 진현은 그녀에게 다가갔다.

"진현아?"

그가 갑작스레 가까워지자 혜미는 눈을 동그랗게 떴고, 그 순간 진현의 팔이 그녀의 어깨를 따뜻하게 감싸 안았다.

"지, 진현아?"

"정말 괜찮아. 그러니 울지 마라."

그녀의 얼굴이 터질 듯 붉어졌다.

그저 자신을 달래기 위한 의미 없는 가벼운 포옹임을 알지만 심장이 미친 듯이 뛰었다.

박동 소리가 새어 나가면 어떻게 할까 걱정이 될 정도로.

진현은 다시 말했다.

"정말 괜찮으니 신경 쓰지 마."

자신의 귀에 닿는 목소리에 혜미는 별이 명멸하듯 수천 가지의 생각이 떠올랐으나, 단 한마디의 말밖에 꺼내지 못했다.

"으, 응……."

그녀가 진정된 듯하자 진현은 손을 풀고 다시 떨어졌다.

"……."

갑작스레 어색한 침묵이 흘렀다.

혜미는 빨갛게 변한 얼굴로 시선을 돌렸다. 진현의 얼굴도 보이지 않게 붉어졌다.

'그냥 달래려고 한 것인데…….'

아니, 그냥 달래려고 한 게 맞나?

그녀가 우는 모습을 보자 설명할 수 없는 충동을 느꼈다.

손끝에 남아있는 그녀의 감촉이 떠올라 진현은 시선을 돌리며 말했다.

"미, 미안. 달래려고 한 건데… 기분 나빴으면 미안하다."

그녀는 화들짝 놀라 고개를 저었다.

"아, 아니야! 그, 그… 하여튼 이번 접수 오류가 어떻게 된 것인지는 내가 꼭 확인할게!"

마치 교과서를 읽듯 딱딱히 굳은 목소리다.

뭔가 어색함이 더 깊어졌다.

그런데 그때였다.

진현의 귀에 또다시 익숙한 목소리가 들렸다.

"이런… 내가 때를 잘못 맞춰 온 것 같군."

"……!"

진현과 혜미는 깜짝 놀라 시선을 돌렸다.

그곳에는 생각지도 못한 손님이 서 있었다.

간이식의 국내 최고의 대가이자 진현을 후계자로 생각하는 강민철 교수였다.

"잘 지냈나, 김진현 선생?"

그는 우람한 얼굴로 인사했다.

4장

그 이름의 시작

　무려 강민철 교수님까지 왔는데, 밖에 세워놓고 이야기를 할 수는 없는 노릇이라 장소를 이동했다.

　마침 오늘 진현의 저녁 근무는 오프였다.

　늦은 시간이었지만 아무도 식사를 한 사람이 없어서 식당으로 향했다.

　"오늘은 기쁜 날이니, 내가 사지!"

　그렇게 이야기한 강민철 교수는 자신이 아는 부산의 고급 횟집으로 그들을 이끌었다.

　1인당 몇십만 원을 가뿐이 넘는 가격답게 음식은 입에서 살살 녹았지만 진현은 마음이 불편했다.

강민철이 자신을 찾아온 이유가 뻔히 보였기 때문이다.

'외과 합격을 축하하러 왔구나.'

하늘같이 높은 교수가 고작 인턴에 불과한 자신을 축하하러 부산까지 오다니.

감동스러운 일었지만 상황이 상황이다 보니 마음이 편할 수가 없었다.

강민철이 혜미를 바라봤다.

"자네도 술 먹나?"

"아, 네. 교수님."

졸지에 같이 따라온 혜미가 공손히 정종을 받았다.

그런데 강민철이 그녀를 보고 흐뭇한 얼굴을 했다.

"오랜만이군. 그때 그 조그만 녀석이 이렇게 예쁘게 크다니."

"네?"

혜미는 놀란 표정을 지었다.

'날 아시나?'

강민철은 술을 털어놓고 말했다.

"뭘 그렇게 놀라? 내가 네 애비 이종근이랑 의대랑 외과 의국(醫局) 동기야. 너 어렸을 때 내가 목마도 태우고 했었어."

"아……."

그의 말처럼 강민철과 이사장 이종근은 의대 동기였고 한때는 제법 친한 사이였다.

물론 지금은 사이가 벌어질 데로 벌어진 상태지만 말이다.

"범수 그놈도 참 똘똘했는데 말이야. 에잉."

강민철은 자살한 혜미의 오빠, 이범수도 알고 있었다.

단, 그도 밖에서 자란 이상민에 대해선 몰랐다.

혜미는 속으로 슬픈 마음이 들었다. 그리고 보니 얼핏 생각이 나는 것도 같다.

아주 어렸을 적, 그녀가 유일하게 기억하는 행복한 때였다.

그때는 어머니도 살아계셨고, 아버지 이종근도 지금 같지 않았다.

그러나 그것은 거짓 행복일 뿐이었다.

이상민과 이상민의 어머니의 존재가 드러나고 모든 것이 변했다.

아버지 이종근은 감춰온 여성편력과 폭력성을 숨김없이 드러냈고, 그녀의 어머니는 우울증에 시달린 끝에 자살했다.

뒤늦게 그 사실을 눈치챈 그녀의 할아버지가 개입했으나, 몸과 마음은 돌이킬 수 없는 상처를 입은 상태로 너무나 늦은 후였다.

그때 강민철이 물었다.

"그런데 둘은 무슨 사이인가? 사귀는 사이?"

진현과 혜미의 얼굴이 동시에 붉어졌다.

"아, 아닙니다."

"……"

진현은 급히 부정했고, 혜미는 말없이 고개만 숙였다.

강민철은 호탕하게 웃었다.

말 안 해도 다 안다는 표정이었다.

"그래 그래. 좋을 때군. 잘해보게."

푹 숙인 혜미의 얼굴은 빨개지다 못해 터질 것같이 변했다.

진현은 곤란한 목소리로 화제를 돌렸다.

"그런데 어떻게 여기까지 오셨습니까?"

강민철은 주름을 찌푸렸다.

"어떻게 왔냐고? 몰라서 물어? 김진현 선생, 당신 축하해주려고 무거운 몸 끌고 온 거잖아."

진현은 눈을 감았다.

예상은 했지만 역시였다.

"뭐, 아예 자네 때문에 온 것은 아니고. 심근경색 요양을 위해 휴직 중인데 할 일도 없고, 자식 놈이 이 근처에 취직을 해서 겸사겸사 볼까 해서 왔지. 그나저나 자네는 외과에 합격했으면 나한테 진작 연락했어야지. 이 늙은 몸이 먼저 오게 만들어?"

강민철은 서운하다는 듯 질책했다.

진현은 난감한 마음이 들었다. 그는 아직 외과를 하겠다고 결정한 게 아니다.

강민철이 진현의 잔에 정종을 가득 따랐다.

"하여튼 어울리지도 않는 피부과를 한다고 그렇게 내 속을 썩이더니… 늦게라도 외과를 결정한 것 축하하네. 암, 자네 같은 사람은 피부과 같은 과가 아니라 우리 외과를 해야지."

강민철은 진현이 외과를 스스로 결정해서 지원했다 알고 있었다.

진현은 주저하다 입을 열었다.

"교수님, 사실 저는 외과를 지원한 게 아닙니다."

"응, 그게 무슨 말인가?"

"그게……."

진현은 자신에게 벌어진 접수사고를 설명했다.

설명을 듣는 강민철의 표정이 일그러졌다.

"하, 그러면 그냥 접수 사고였다고?"

"네, 죄송합니다."

진현은 고개를 숙였다.

고작 인턴에 불과한 자신의 합격 소식에 이렇게 달려와 주었는데 면목이 없었다.

'화내시겠지?'

진현은 그가 실망감에 버럭 화를 낼 것이라 생각했다.

그런데 강민철은 의외의 반응을 하였다.

담배를 꺼내 물더니 다음과 같이 이야기한 것이다.

"잘됐군."

"네?"

"이건 뭐, 자네가 외과를 하라는 하늘의 뜻이구먼. 그러니

잔말 말고 그냥 외과를 하게."

진현은 입을 딱 벌렸다.

아니, 결론이 왜 그렇게 나는데?

담배 연기를 뿜은 강민철은 말을 이었다.

"자네 한국대 병원 피부과에서도 잘못한 것도 없이 쫓겨났잖아. 그 쪼잔한 김주홍이 눈에 찍혀서."

비슷한 시기에 대학을 다녀 강민철 교수는 한국대 김주홍 교수를 알고 있었다.

강민철이 김주홍 교수보다 의대 2년 선배였다.

"한국대 병원에서도 그렇고, 여기서도 그렇고, 팔자에도 없는 피부과를 하려니 계속 그 꼴이 나는 거야. 잔말 말고 하늘의 뜻이라 생각하고 외과를 하게."

"하, 하지만······."

갑자기 난데없이 무슨 놈의 하늘의 뜻?

진현이 더듬더듬 입을 열었으나 강민철의 눈이 날카로워졌다.

"자네는 도대체 왜 팔자에도 없는 피부과를 하려는 건데?"

"그건······."

진현은 답을 못했다.

좋아해서?

아니, 그건 아니다.

솔직히 말해 그는 피부과란 전공 자체에 관심도, 끌림도 없다.

피부과를 하고 싶은 것은 단 하나, 안락하고 풍족한 삶을 살고 싶어서다.

물론 속물적인 생각인 것은 안다.

하지만 그게 뭐?

내 삶을 내가 원하는 대로 살고 싶은 게 뭐가 나쁜가?

강민철은 화내지 않았다.

본인은 외과 외골수지만 진현의 생각을 이해했다.

대신 설명했다.

"피부과 하면 편할 것 같아?"

"네?"

"피부과 하면 다 성공할 것 같아?"

"……."

강민철은 피식 웃으며 말했다.

"하나 이야기해 줄까? 내가 경험상 봤을 때, 원래 의대 때 공부 잘하던 놈은 돈 벌려 개업하면 망해. 공부 못하던 놈이 개업해서 성공하지. 이런 말 미안하지만 자넨 피부과랑 하나도 안 어울려. 개업하면 망할 거야."

완전 망하라고 저주하는 말투였다.

"……."

진현은 똥 씹은 표정이 되었다.

아니, 뭐. 해보지도 않았는데 저렇게 이야기할 것은 뭐람?

"그리고 자네가 착각하는 게 있는데. 피부과 개업하면 하나도 안 편해. 결국 개인 사업이라 하나부터 열까지 다 챙겨야 하거든. 휴가도 제대로 못 가."

"……."

"그리고 생각보다 외과도 별로 안 힘들어."

이게 무슨 헛소리인가?

외과가 별로 안 힘들다니.

진현의 의아한 얼굴을 강민철이 설명했다.

"아, 물론 처음에 레지던트 과정은 무척 힘들지. 그리고 레지던트가 끝나고 자리를 잡을 때까지도 힘들고. 하지만 자리를 잡으면 별로 안 힘들어. 잘하면 돈도 잘 벌 수 있고."

"……."

"나 봐. 한 번 심장병 앓았다고 지금까지 쉬고 있잖아. 이제 곧 요양하러 미국으로 1년 교환 교수로 파견 가. 교환교수 가서 뭐하겠어? 놀지. 개업하면 이게 가능할 것 같아? 정확히 말하긴 그래도 월급도 적지 않아. 정년퇴직하면 교직원 연금도 나오고."

확실히 그렇긴 하다.

그리고 강민철 교수의 수입은 웬만한 개업 의사보다 못하지 않을 거다.

그러나 그건 국내 최고 대일병원의 교수이기 때문에 그런 거다.

이전 삶에서 그렇게 노력하고 경쟁했지만 실패한.

그런데 강민철이 진중한 얼굴로 말했다.

"외과로 와. 너는 내가 끌어주겠다."

"……!"

"그렇지 않아도 네가 수련을 마칠 때쯤 교수 자리가 하나 날 거야. 너 정도면 자격이 충분해. 내가 너 내 후계자로 만든다. 계집애 같은 걱정은 접어두고 잔말 말고 따라와."

"……!"

진현의 눈이 떨렸다.

호언장담보다도 자신을 향한 강민철의 마음이 그의 가슴을 흔들었다.

강민철은 간이식 분야 국내 최고의 대가이자 그 탁월한 실력 때문에 병원 내에서도 아무도 못 건드리는 인물이다.

이사장 이종근도 강민철에게만큼은 함부로 못했다.

그렇게 대단한 그가 인턴에 불과한 자신을 이렇게나 챙기다니.

고작 축하 인사를 하러 부산까지 내려오고…….

진현은 고마움에 고개를 숙였다.

"…감사합니다."

*　　　*　　　*

식사를 마친 후, 혜미는 서울로 올라가고 강민철 교수는 아들의 집으로 향했다.

진현은 홀로 해운대 해안가를 걸으며 생각했다.

'외과라⋯⋯.'

강민철이 떠나기 전 한 말이 떠올랐다.

'다른 걸 다 떠나서 자넨 수술과 사람을 살리는 걸 좋아하잖아. 좋아하는 걸 해야지!'

그 말이 옳았다.

그는 수술을 좋아했다.

그 사선 속 긴장에서 사람을 살리는 것에 보람을 느꼈다.

'하지만⋯ 내가 바라는 것은 안락한 삶인데.'

외과를 선택하면 그런 삶과는 까마득히 멀어지게 된다.

그런데 그때였다.

띠링!

핸드폰이 울리며 메시지가 도착했다.

'누구지? 최대원 교수님?'

[진현군, 외과 합격을 축하하네. 물론 내과를 안 하는 것은 아쉽지만, 그래도 난 자네가 피부과보단 외과에 더 어울린다 생각하네. 좋은 외과의사 될 거라 믿네, 스승 최대원이.]

모르는 사이 문자가 더 와 있었다.

부모님이 보낸 문자도 있었다.

[아들, 외과 합격 축하해! 이 엄마는 아들이 외과에 합격해 너무 기쁘고 자랑스럽단다! 항상 사랑해.]

[외과 합격을 축하한다. 네가 내 아들인 게 너무나 자랑스럽구나. 사랑한다. 애비가.]

짧지만 사랑이 느껴지는 문자들에 진현은 가슴이 뭉클했다.

'아버지, 어머니는 내가 외과를 전공하길 원했었지…….'

부모님이 기뻐하는 문자가 그의 마음을 흔들었다.

"하아……."

그는 백사장 근처 의자에 털썩 주저앉아 나직이 파도치는 겨울바다를 바라봤다.

찰싹찰싹.

고요한 바다에 마음이 잔잔히 가라앉았다.

'넌 외과를 좋아하잖아.'

그 말이 다시 한 번 가슴에 울렸다.

기억 속 이전의 삶들이 떠올랐다.

힘들고 괴로웠던 나날들… 그러나 동시에 보람찼던 시간들.

당시 몸이 부서질 것 같은 괴로움 속에서도 버틸 수 있었던 것은 그 무엇과도 바꿀 수 없는 보람들 때문이었다.

강민철의 목소리가 환청처럼 다시 가슴을 울렸다.

'네가 진정으로 바라는 것은 외과잖아.'

진현은 중얼거렸다.

'내가 진정으로 바라는 것?

그가 바라는 것은 단 하나다.

안락하고 풍요로운 삶.

하지만… 정말로?

내가 원하는 게 정말로 그런 것일까?

진현은 쓸쓸히 웃었다.

인정하고 싶지 않았지만, 마주하고 싶지 않았지만… 답은 '아니'였다.

안락하고 풍요로운 삶만 원했다면 병원에서 이렇게나 많은 사고를 치지는 않았을 것이다.

아니, 애초에 고생스럽게 의사를 할 필요도 없었다.

과거의 지식을 가지고 제약회사들을 돌아다니며 돈을 쓸어 담고 건물을 샀겠지.

그래, 이 순간 그는 인정했다.

마음속 그가 진정으로 원하는 것은 외과였다.

애써 외면했지만 그것이 진실이었다.

"……"

찰싹찰싹.

바닷가에 고요한 파도가 들락거렸다.

진현은 그 파도를 바라보며 중얼거렸다.

"그래, 성공만 한다면 외과도 나쁘지 않아. 아니, 좋아. 하지만……."

문제는 성공을 해야 한다는 것이다.

이전 삶의 기억이 다시 한 번 떠올랐다.

이번엔 또 다른 기억이었다.

'우리 병원에서 나가주게.'

'빚은 어떻게 갚을 거야?!'

외과의사의 삶을 살면서 좋았던 기억만 있었던 것은 아니다. 아니, 오히려 그 삶의 끝은 비참했다.

이번에도 그런 전철을 밟는 것은 아닐까?

이전의 실패가 자꾸만 상처로 남아 그를 붙들었다.

어쩌면 그가 피부과를 원했던 것도, 억지로 외과의 길을 외면했던 것도 이전 삶에서 각인된 트라우마 때문이었을지도 모른다.

하지만 어느 순간, 진현은 고개를 저었다.

"김진현, 뭘 그렇게 무서워하는 거냐? 지난번 실패는 지난번 실패고. 이번엔 달라."

그는 강하게 중얼거렸다.

"그냥 성공해 버리면 되잖아? 난 이전 삶의 내가 아니야. 성공하자. 그것도 그냥 성공이 아닌 최고로 잘나가는 외과의사가 되자. 그러면 되잖아?"

그는 하늘로 시선을 올렸다.

바다 위 밤하늘은 끝없이 광활했다.

그래, 잘나가는 외과 의사가 되면 되는 것 아닌가? 그러면 모두 해결이다.

'피부과의 안락함을 포기하는 것은 아쉽긴 하지만……'

자리를 잡기 전, 처음 레지던트 과정은 끔찍이 힘들 것이다.

그래도 진현은 이렇게 생각했다.

'그 과정만 버티면, 그래서 성공한 외과의사로 자리만 잘 잡으면 좀 나을 거야. 대학병원의 교수가 되면 어쩌면 개인사업자인 피부과 의사보다 더 나을 수도 있어.'

물론 아무리 대학병원의 교수라도 피부과 의사보다 편할
가능성은 적었다.

잘나가면 더욱더 바쁠 확률이 높겠지.

그런 생각을 하다 진현은 피식 웃었다.

그런 거 뭐, 아무럼 어떤가?

그는 웃었다.

왠지 웃음이 나왔다.

'그래, 힘내자, 김진현. 할 수 있어.'

그렇게 어느 겨울날, 잔잔한 바닷가에서 그는 결심했다.

대한민국… 아니, 세계 외과학계의 역사를 바꿀 결심이었
다.

동시에 '미라클(Miracle) 김.'

그 기적 같은 이름의 시작이었다.

*　　　*　　　*

대일병원 이사장의 아들 이상민도 외과에 합격했다.

진현이 워낙 유명해서 그렇지 이상민도 평판이 굉장히 좋
았다.

뛰어난 실력, 빼어난 외모, 착실한 태도… 평판이 안 좋으

면 그게 이상하다.

"외과 합격했다며? 축하해. 앞으로 고생하겠네."

근무하는 과에서 그에게 축하의 인사를 건넸다.

이상민은 웃으며 인사를 받았다.

"네, 감사합니다."

"앞으로 고생하겠네."

"잘할 수 있을까 걱정입니다."

"뭐, 이상민 선생은 워낙 다 잘하니까. 외과에서도 잘하겠지. 하여튼 수고해."

"감사합니다."

덕담을 들은 이상민은 다시 업무를 하다 담당의사에게 한 가지 부탁을 했다.

"저, 선생님. 죄송한데 제가 어디 잠시만 다녀와도 될까요?"

"어, 갔다 와. 지금 시간 좀 남으니."

자리에서 일어난 이상민은 엘리베이터를 타고 내려갔다.

그가 도착한 곳은 지하 4층 깊은 곳에 위치한 간부 회의실.

이미 한 사람이 도착해 그를 기다리고 있었다.

"오셨습니까?"

중년의 남자는 이상민에게 깍듯이 인사했다.

"오랜만이에요, 기획실장님."

"네."

중년 남자, 대일병원의 핵심 실력자이자 기획실장인 송병수는 고개를 숙였다.

"조금 무리가 있었을 텐데 이번 일 감사해요."

"아닙니다. 어차피 간단한 조작이었습니다."

이상민은 깊은 미소를 지었다.

"혹시 따로 더 필요한 일은 없으십니까? 말씀만 해주십시오."

송병수는 과할 정도로 공손한 태도로 말했다.

당연했다.

이상민은 이종근의 친아들로 향후 빠른 속도로 대일병원의 후계자로 자리 잡을 자이니 미리 충성을 바치는 것이다.

"특별히… 지금은 괜찮아요."

"네."

"병원 이사회의 동태는요?"

"그게…….."

송병수는 머뭇거렸다.

"괜찮아요. 말해봐요."

"비슷합니다."

무거운 목소리였다.

대일 그룹 가문의 일원들로 이루어진 이사회는 이상민에게 적대적이었다.

더구나 요즘엔…….

"이혜미 이사께서 특히 적대적이십니다."

"흐음······."

이상민은 싱긋 웃음을 지었다.

이혜미는 서자인 그와 다르게 대일병원 이사회의 일원이었다.

그것도 상당한 권한을 가진.

"그건 신경 쓰지 않아도 돼요. 특히 이혜미, 내 착한 동생은."

그는 묘한 목소리로 말했다.

그 뒤 둘 사이에 적막이 흘렀다.

그 침묵이 불편한지 송병수가 주저하다 조심히 입을 열었다.

"저··· 한 가지만 여쭤도 되겠습니까?"

"뭔가요?"

"어째서 굳이 김진현 선생을 외과로 오게 손을 쓰라 하신건지······."

송병수는 이상민의 의도를 알 수가 없었다.

김진현은 병원 내에서 굉장히 유명한 인물로 외과를 전공하게 될 시 필연적으로 이상민과 경쟁하게 된다.

이상민도 탁월한 실력과 재능을 가지고 있지만, 김진현이 지금까지 벌인 일들을 살피면 입이 다물어지지 않는다.

정말 규격 외의 괴물이었다.

'만약 경쟁에서 밀리면 이사회에서 또 트집을 잡을 텐데. 차라리 피부과로 보내거나 불합격을 시키지. 왜?'

이상민의 얼굴에 미소가 일순 사라졌다.

가면 같은 미소가 없어진 후 나타난 차가운 표정에 송병수는 흠칫 놀랐다.

"내가 왜 친구 김진현을 외과에 오게 했는지 궁금하십니까?"

"……."

"기획실장님은 혹시 누군가에게 11년이나 져본 적이 있습니까?"

송병수는 답하지 못했다.

이상민도 더 이상의 설명은 하지 않았다.

"괜한 것을 물어 죄송합니다."

"아니에요. 바쁘실 텐데 그만 가보세요."

"네."

기획실장은 깍듯이 인사하고 사라졌다.

홀로 남은 이상민은 치익 담뱃불을 붙였다.

"후우… 왜 김진현을 데려왔냐고? 간단하지."

망가뜨리려고.

이상민의 입가에 다시 미소가 걸렸다.

김진현을 만나고 나서 한 번도 그를 이긴 적이 없다. 항상 졌다.

그런데 그게 11년이나 반복되다 보니 삶의 목표가 하나 생겨 버렸다.

"반드시 이기겠어."

그는 나직이 말했다.

"무슨 수를 써서라도. 반드시."

그래서 그를 처절히 짓밟고 망가뜨려 나락으로 떨어뜨리고 말겠다.

"그런데 김진현, 네가 피부과로 가면 난 영원히 너를 이길 기회가 없잖아? 응? 짓밟고 망가뜨려야 하는데. 다른 곳으로 도망가면 반칙이지. 안 그래?"

그의 미소가 짙어졌다.

5장

신입 레지던트

그 뒤 인턴 생활이 빠르게 저물어 갔다.

2월 말이 되어 이제 레지던트에 접어들기 직전, 강민철 교수는 교환교수로 미국을 향해 출국했다.

"조심히 갔다 오십시오."

진현은 공항에서 강민철을 배웅했다.

"바쁜데 뭘 이렇게 나오나? 얼른 들어가서 일해."

"오프입니다."

어차피 주말이고, 항상 자신을 챙겨준 강민철이니 이런 배웅 정도야 얼마든지 할 수 있다.

강민철도 말과 다르게 싫은 기색은 아니었다.

"그래, 나 없는 동안 잘 배우고 있고. 돌아오면 죽도록 굴릴 테니."

진현은 웃었다.

"네, 교수님도 건강하십시오. 특히 술, 담배 조심하십시오."

강민철은 심근경색 후에도 술, 담배를 줄이지 않았다.

그야말로 재발의 고위험군이다.

"어차피 쉬러 가는 거니 걱정 마. 교환교수로 가면 할 일 아무것도 없어."

강민철이 가는 병원은 세인트 죠셉 병원.

메사추세츠 제너럴(하버드), 메이요, 엠디엠더슨, 존스홉킨스과 더불어 미국 최고로 꼽히는 병원 중 하나다.

대일병원 외과는 그 세인트 죠셉 병원과 협약을 맺어 정기적으로 서로 교환교수를 파견하고 있었다.

기한은 1년.

강민철은 1년 뒤에 돌아올 것이다.

"자네도 교환교수로 나중에 가야지."

진현은 어색히 웃었다.

"그럼 금방 갔다 올 테니 열심히 배우고 있게."

강민철은 흡족한 눈으로 진현을 바라봤다.

1년이야 눈 깜짝할 사이에 간다.

'갔다 오면 잘 가르쳐야지.'

강민철이 생각하는 진현은 한마디로 '천재'였다.

그것도 천재 중의 천재.

하지만 아무리 훌륭한 원석이라도 다듬는 과정이 필요하다.

강민철은 기꺼이 원석을 다듬는 세공사가 될 생각이었다.

'조금만 기다려라.'

그는 그렇게 생각하며 비행기에 탑승했다.

하지만 비행기가 한국을 벗어날 때까지 강민철은 상상도 못하고 있었다.

그 짧은 1년 동안, 진현이 대일병원에서 어떤 존재가 되어 있을지.

정말 상상도 못했다.

정말로.

*   *   *

그리고 인턴이 끝나기 전, 이런 일도 있었다.

황문진이 혜미에게 고백을 했다.

"조, 좋아해. 혜미야……."

병원 근처를 흐르는 탄천(炭川)에서 황문진은 얼굴을 빨갛게 물들이며 말했다.

"어, 어… 응."

혜미는 말을 더듬었다.

다른 사람에게 받는 고백이 처음은 아니다. 아니, 학생시절부터 무수히 많았다.

인턴 생활 중에도 몇 번을 받았는지 모른다.

하지만 그녀의 답은 7년째 항상 같았다.

"미안, 나는……."

그런데 황문진이 급히 그녀의 대답을 가로챘다.

"아, 알아! 말하지 않아도."

"……."

"진현이 좋아하지?"

"…응."

그녀는 미안함에 고개를 끄덕였다.

황문진은 한숨을 푹 내쉬고 머리를 긁적였다.

"당연히 알고 있어. 네가 진현이 좋아하는 것… 그래도 고백하고 싶었어. 앞으로 인턴 생활 끝나 전공이 갈리면 지금처럼 자주 보진 못할 테니까… 내가 아쉬움이 남아서."

그는 밝게 웃었다.

"차일 줄 알고 고백한 거니 신경 쓰지 마."

"…응, 미안."

"앞으로도 불편한 없이 친하게 지내자. 알았지?"

혜미의 눈이 흔들렸다.

"그래도 괜찮겠어?"

그녀도 벌써 7년째 해봐서 그 고통을 안다.

사랑하는 사람과 그저 친구로 친하게 지내는 것은 고문처럼 괴롭다.

그 고통을 알기에 그녀는 가급적 자신에게 고백한 사람과 거리를 두려고 했다.

희망고문은 정말정말 나쁘니까.

'그러니까 진현이가 나빠.'

결론이 어째서 그렇게 났는지는 모르지만.

하여튼 진현이가 나빴다.

"그러면 먼저 가볼게. 다음에 술이나 먹자. 네가 좋아하는 소주로."

"…응."

황문진이 먼저 등을 돌렸다. 그는 탄천을 걸으며 한숨을 내쉬었다.

'김진현, 이 나쁜 놈.'

가장 친하고, 둘도 없는 친구지만.

이번엔 그가 나빴다.

'이연희 간호사랑 사귈 거면 사귈 것이지. 왜 혜미는 안 봐줘서.'

김진현의 생각을 모르겠다.

이연희와 썸을 타는 것은 확실한데 사귀지는 않는다.

'눈치가 없어도 이렇게 없을 수가 있나? 아무리 실력이 좋으면 뭐해.'

황문진은 속으로 김진현을 욕했다.

'모르겠다. 술이나 마셔야지. 김진현 그 나쁜 놈보고 쏘라 해야겠다.'

황문진은 김진현에게 잔뜩 얻어먹기로 결정했다.

그가 잘못한 날이니까.

그리고 인턴 생활이 끝나고 레지던트 생활이 시작됐다.

*   *   *

생각해 보니 고등학교 시절 친한 4명 중, 일진 김철우를 제외하고 김진현, 이상민, 황문진 모두 대일병원 외과에 들어갔다.

참 여러 의미로 대단한 일이 아닐 수 없었다.

─내가 형사 일 하다 다쳐도 걱정 없겠네.

경찰시험을 통과해 새내기 형사로 일하는 김철우가 전화 너머로 키득거렸다.

─다들 친하게 잘 지내라고. 다음에 놀러 갈 테니.

하지만 그 말과 다르게 3명은 친하지 못했다.

정확히는 이상민이 문제였다.

"진현아, 앞으로도 잘하자."

이상민은 생글생글 웃으며 진현에게 악수를 청했다.

"어, 그래. 잘하자."

진현은 인사를 받으며 인상을 찌푸렸다.

'뭔가 이상해.'

특별히 싸운 것은 아니고 만나면 대화도 잘하고 그러는데… 뭔가 느낌이 이상했다.

속에 시커먼 것을 감추고 있는 느낌이다.

'그냥 느낌인가…….'

그것 외에 외과 생활은 특별히 문제가 없었다. 아니, 정확히 말하면 좋았다.

어차피 한 번 다 해봤던 내용이어서 따로 적응할 필요도 없었고, 위의 선생님들 분위기도 따뜻했다.

"진현아, 처음이라 힘들지?"

같은 파트의 고년 차 레지던트 강석훈이 따스하게 물었다.

"처음엔 다 힘들어. 힘내고."

"괜찮습니다."

"그래도 네가 잘해주니 내가 편하다."

병원마다, 과마다 다르지만 보통 교수 밑에 저년 차 레지던트와 고년 차 레지던트가 한 팀을 이루어 진료한다.

저년 차 레지던트가 궂은일을 하고, 고년 차 레지던트는 저년 차 레지던트가 못 하는 일을 커버해 주는 형식이다.

따라서 저년 차 레지던트가 일을 잘하면 고년 차 레지던트는 꿀 같은 시간을 보낼 수 있다.

'이 보배 같은 녀석.'

고년 차 레지던트 강석훈은 보물을 보듯 진현을 바라봤다.

진현과 한 팀을 이루니 자신은 할 일이 전혀 없었다.

인턴 때부터 괴물이라 소문난 녀석답게 하나를 가르치면 열을 알았다.

더구나 태도도 무척 겸손하고 환자들에게도 친절했다.

칭찬을 하면,

"아닙니다. 다 선생님께 배운 덕분입니다."

이런 식으로 겸양했다.

덕분에 다른 고년 차 레지던트들은 강석훈을 부러운 시선으로 바라봤다.

그들은 다른 신입 레지던트 1년 차를 데리고 다니며 땀을 뻘뻘 흘리며 고생하고 있기 때문이다.

"부럽다. 내 아래 레지던트는 진짜 아무것도 모르는데."

"원래 처음 1년 차가 그렇지, 뭐. 김진현 그놈이 대단한 거지."

그래서 대학 병원은 3, 4월에 진료를 피하란 우스갯소리도 있다.

진료의 핵심 축을 담당하는 저년 차 레지던트가 미숙하기 때문이다.

"난 아래 레지던트가 아무것도 몰라 모든 일을 혼자 다 해야 해. 1년 차로 돌아간 기분이라니까. 힘들어 죽겠다."

따라서 다른 고년 차 레지던트들이 진현과 한 팀인 강석훈에게 항의했다.

"야, 너만 독차지하지 말고 나도 김진현 좀 데려가자."

"안 돼. 이번 달은 내 거야."

"그런 게 어디 있어? 이번 달 내내 아무것도 안 하고 놀려고?"

"에헴, 놀기는. 나도 나름의 고충이 있다고."

"고충은 개뿔. 맨날 누워서 잠만 자더만. 월급을 받았으면 일을 해!"

"팀은 일심동체 몰라? 김진현이 일하니 내가 일하는 거나 마찬가지지."

그렇게 고년 차 레지던트들은 진현을 놓고 쟁탈전을 벌였다.

* * *

한편 진현은 뒤에서 그를 두고 벌어지는 쟁탈전은 까마득히 모르고 맡겨진 일에만 충실했다.

'외과 1년 차 생활을 다시 하려니 힘들긴 힘들구나.'

일은 어려울 것이 없는데 몸이 힘들었다.

'대일병원에도 100일 당직이 있다니.'

이전 삶 때도 경험했던 지옥의 100일 당직.

100일 동안 단 하루도 퇴근하지 못하고 당직을 서는 것이다.

실질적으로 처음 환자를 진료하는 것이니, 100일 동안 퇴근하지 말고 배우라는 의미인데… 몸이 엄청 힘들다.

그렇게 100일이 끝나면 휴일이 있는 것도 아니었다.

1-2주에 한 번 정도?

저녁 8-9시 넘어서 짧은 퇴근만 준다.

출근은 다음 날 아침 5시까지.

앞으로 최소 2년 동안은 출근하지 않고 하루 종일 쉬는 휴일은 꿈도 못 꾼다.

공휴일?

그게 어느 나라 단어인가?

휴일에도 환자는 아프다.

심지어 추석과 설날에도 집에 못 가고 병원을 지켜야 한다.

'혜미도 100일 당직을 서겠지?'

혜미는 내과를 선택했다.

내과도 100일 당직이 있었다. 아니, 중환자가 많은 내과답게 더 혹독했다.

몸이 고달프다 보니 편한 피부과 생각이 났다.

'피부과 했으면 이런 고생은 안 했을 텐데.'

진현은 고개를 저었다.

이제 접은 길이다. 미련 가지지 말자.

그래도 고생스럽긴 했지만 보람은 있었다.

"아휴, 이번 주치의 선생님은 참 친절하고 좋아."

"그러니까. 믿음직스럽고."

모든 환자와 보호자들이 진현을 좋아했다.

실력도 좋고, 친절하고, 믿음직스럽고…….

무엇보다 환자들과 보호자들은 귀신같이 눈치챘다.

이 의사가 자신을 진심으로 위하는지 어쩔 수 없이 의무감으로 대하는 것인지.

환자들 모두 김진현이란 이 어린 의사가 자신들을 정말 위하며 진료한다는 것을 느끼고 있었다.

환자들이 입원해 있는 병동 말고 수술장에서도 진현은 예쁨을 받았다.

"그래, 그렇게만 어시스트하라고."

외과 저년 차의 역할은 수술을 어시스트하는 것이다.

옆에서 어시스트하며 수술을 눈으로 배운 뒤 한참의 시간이 흐른 뒤 직접 집도를 하게 된다.

"김진현 선생이 어시스트하니 한결 수월하구만."

교수들은 1년 차답지 않은 어시스트 솜씨를 보이는 진현을 예뻐했다.

분명 익숙하지 않은 수술일 텐데도 뛰어나다 못해 탁월하기 그지없었다.

그렇게 슬슬 시간이 지났다.

나쁘지 않은 일상이었다.

그런데 그 일상이 송두리째 바뀌는 일이 일어났다.

한 달이 지나며 파트, 즉, 팀이 교체된 것이다.

진현이 새롭게 맡게 된 것은 외과 외상 분야의 고영찬 교수의 파트였다.

'고영찬 교수⋯⋯.'

진현은 인상을 찌푸렸다.

이전 삶에서 대일병원 외과에서 일했던 그는 당연히 고영찬 교수에 대해 알고 있었다.

고영찬 교수는 실력보단 정치력으로 교수가 된 자로, 성격도 무척 안 좋았다.

그리고 무엇보다 차기 외과 과장 자리를 놓고 이사장 이종근에게 줄을 대고 있었다.

진현은 모르고 있는 사실이지만 말이다.

*   *   *

대일병원 최상층의 이사장실.

"잘 지내나, 고 교수?"

이종근이 가죽 의자에 몸을 기대며 물었다.

"네, 이사장님."

마른 체격에 날카로운 인상의 중년 남자, 고영찬 교수가 고개를 숙였다.

"요즘 고생이 많다 들었네. 수고가 많아."

이종근이 온화한 미소를 지으며 격려했다.

참으로 부드러운 미소였다. 마치 이상민이 늘 짓고 다니는 것처럼.

그리고 보면 서로 경멸하면서도 이상민과 이종근은 닮은 점이 많았다.

가면 같은 표정 속에 시커먼 뱀을 숨기고 있는 것이 특히 그러했다.

"감사합니다. 그런데 혹시 특별한 일이라도?"

"아, 별건 아니고……."

이종근은 잠시 뜸을 들였다.

차기 외과 과장 자리를 놓고 이종근에게 줄을 대고 있는 고영찬 교수는 공손히 말을 기다렸다.

"김진현이라고 아나?"

"아, 네. 압니다."

당연히 안다.

이번 달 그의 환자를 담당할 파트 레지던트였으니까.

'왜 고작 레지던트 따위를?'

고영찬은 의아한 마음이 들었다.

이런저런 대단한 소문이 많긴 해도 고작 레지던트일 뿐이다.

권위적인 고영찬은 밑의 레지던트를 같은 동료이자 의사로 인정하지 않았다.

레지던트는 대학병원에서 가장 많은 고생을 하며 가장 많은 일을 하는 일꾼이지만, 고영찬에게 있어선 그저 허드렛일을 하는 아랫사람일 뿐이다.

"아, 뭔가 그 선생은 외과와 잘 안 맞는 것 같아서."

이종근이 지나가듯 말했다.

"……?"

고영찬은 속으로 인상을 찌푸렸다.

김진현이 외과와 안 맞아?

호나우두는 축구와 어울리지 않다, 라고 말하는 꼴이다.

"그렇지 않나?"

"네, 맞습니다."

하지만 고영찬은 고개를 끄덕였다.

이사장 이종근이 그렇다면 그런 것이다.

"자네가 레지던트 담당 주임교수지?"

"네."

"잘 안 맞는 의사를 우리 대일병원에서 품을 필요는 없지. 알아서 잘 처리해 주게."

"……!"

그 생각지 못한 지시에 고영찬은 흠칫 놀랐다.

'어째서? 뭔가 개인적인 이유가 있으신가?'

고영찬은 의문이 들었으나 드러내지 않았다.

"네, 알겠습니다."

오로지 이종근만 붙들고 이 자리까지 올라왔다. 이종근이 시키는 거라면 뭐든지 할 수 있었다.

"그래, 잘 부탁한다고. 다음 과장 자리는 내가 다 염두에 두고 있으니. 강민철이가 교환교수에서 돌아와 쓸데없는 소리 하기 전에 해결해."

그 말에 고영찬이 눈이 빛났다. 속이 시커매도 이종근은 빈말을 하지 않는다.

이 일을 잘 처리하면 다음 과장 자리는 자신의 것이다.

"네, 기대에 어긋나지 않겠습니다."

고영찬은 고개를 숙였다.

'어째서 레지던트 따위를 신경 쓰는 건지는 모르겠지만……'

별로 어려운 일은 아니었다.

지금 김진현은 레지던트 1년 차 초반.

즉, 외과란 광활한 대지에 처음 발을 디딘 상태니까.

'물론 김진현에 대해 이런저런 대단한 소문이 많긴 하지만……. 그래 봤자 1년 차는 1년 차겠지.'

고영찬은 그렇게 생각했다.

틀린 생각은 아니었다.

아무리 천재라도 의학은 경험이 없으면 완성될 수 없으니까.

그러니까 '일반적'으로 틀린 생각은 아니다.

'적당히 트집을 잡으면 되겠군.'

*　　*　　*

그렇게 고영찬 교수가 나간 후, 이종근은 인상을 찌푸렸다.

"도대체 김진현, 이놈을 언제까지 신경 써야 하는 건지 모르겠군."

정말 지긋지긋했다.

왜 병원의 이사장인 자신이 고작 레지던트 따위를 신경 써야 한단 말인가?

하지만 어쩔 수 없었다.

가문의 사람으로 이루어진 병원 이사회에서 벌써 이상민을 향후 외과 교수로 임명하는 데 반대 이야기를 내놓고 있기 때문이다.

자격이 없는 사람을 단지 그의 아들이라고 교수로 임명할 수 없다는 것이다.

'빌어먹을 놈들.'

가문의 다른 인물들로 이루어진 이사회에 목적은 뻔했다.

이상민을 내치고 자신들의 사람으로 후계를 세우려는 것이다.

'범수 그놈만 있었으면 이런 걸 신경 쓸 이유도 없었을 텐데.'

물론 딸인 혜미도 있었지만, 여러 사정으로 선택 사항이 될 수 없었다.

결국 이종근이 내세울 수 있는 후계라고는 이상민밖에 없는데, 서자인 그가 가문의 인정을 받으려면 최고가 되어야 했다.

그것도 아무도 흠잡을 수 없는 완벽한 최고가.

'그러기 위해선 이대로는 곤란해.'

이상민도 뛰어났지만 김진현과는 비교할 수가 없었다.

이대로 두면 이상민은 최고는커녕 영원히 만년 2등의 굴레에서 벗어날 수 없을 것이다.

그렇게 되기 전에 김진현을 내쳐야 했다.

'그런데 이것도 여러모로 번거롭군. 아무런 핑계 없이 무턱대고 자를 수도 없으니.'

대일병원이 소규모 중소기업도 아니고, 아무리 이사장이라도 이유 없이 직원을 해고할 수는 없다.

특히 인턴과 레지던트는 직급의 특수성상 이유 없는 파면이 불가능했다.

그렇지 않아도 노동착취로 부림받는 그들을 부당하게 해

고할 시 전공의협의회 등을 비롯한 여러 단체가 들고 일어설 것이다.

뭔가 그럴듯한 핑계가 있어야 했다.

그래서 지난 1년 동안, 흠집을 잡기 위해 틱틱 건드려 보았으나 모두 김진현의 명성만 쌓아주는 용도로 쓰였을 뿐이다.

'하지만 이젠 다를 거다. 여긴 외과니까.'

그의 생각처럼 이젠 달랐다.

제한적인 영향만 끼칠 수 있는 인턴 때와 다르게 외과는 그의 텃밭이었기 때문이다.

그는 병원장, 이사장에 오르기 전 외과 교수와 외과 과장을 역임했었다.

김진현 본인은 꿈에도 모르고 있겠지만, 외과에 들어온 순간 그는 호랑이 아가리에 떨어진 거나 마찬가지다.

그러나 그때까지 이종근은 모르고 있었다.

자신의 이런 수작들이 향후 어떤 결과를 가져올지.

*   *   *

4월로 넘어가며 파트가 바뀌어 고년 차 치프 레지던트도 바뀌었다.

"네가 김진현이지?"

"네."

"내가 이번 달 너와 같이 일할 치프 강형석이라 한다. 잘 부탁한다."

"네, 열심히 하겠습니다.

고영찬 교수의 파트는 1년 차 한 명과 3년 차 한 명이 팀을 이룬다.

파트의 치프 역할을 할 3년 차 강형석은 지난달 고년 차인 강석훈과는 인상이 전혀 달랐다.

마치 얼굴에 '성실'이라고 적어놓은 듯하달까?

굳게 다문 입술이 성실하면서 완고한 그의 성격을 보여줬다.

착실한 군인을 연상시키기도 했다.

그는 과연 이렇게 입을 열었다.

"네가 대단히 뛰어나단 것은 잘 알고 있다. 하지만 난 지난달 강석훈이랑은 성격이 좀 다르다. 넌 우리가 레지던트 수련을 받는 이유를 뭐라고 생각하나?"

레지던트를 하는 이유?

당연히 전문의 따고 돈 벌려는 거지.

하지만 이런 답을 원하는 것이 아닌 것 같다.

강형석은 친절히 웃으며 설명했다.

"여러 이유가 있겠지만 가장 중요한 것은 앞서 길을 걸어온 선배들 밑에서 배우기 위해서다. 특히 아무것도 모르는 1년 차 때는 윗사람들 밑에서 열심히 배우는 게 굉장히 중요하다."

김진현은 고개를 끄덕였다.

구구절절 맞는 말이었다.

배우는 게 제일 중요하지. 이전에 다 배웠다는 게 함정이지만.

"그러니 너도 처음 배우는 입장이니만큼 절대 혼자 하려 하지 말고, 배우는 자세로 나와 함께하자. 치프로서 나도 열심히 가르쳐 줄 테니."

좋은 말투로 이야기했지만 한마디로 혼자 나대지 말라는 이야기다.

원칙주의자인 새로운 치프는 전현이 홀로 진료하다 실수라도 할까 걱정인 듯했다.

당연한 걱정이다.

경험이 부족한 의사는 아무래도 놓치는 것이 있을 수밖에 없다.

그걸 잡아주는 게 선배 의사, 치프의 몫이다.

'나야 고맙지.'

솔직히 지난 치프인 강석훈은 너무 그를 방목했다.

치프로서 해야 할 몫이 있는데 그것까지 자신이 다하려다 보니 너무 힘들었다.

'사람도 나쁘지 않아 보이고… 너무 완고해 보이는 게 걱

정이긴 하지만.'

그렇게 김진현은 강형석과 짝을 이루어 다녔다.

강형석은 캥거루가 아기를 데리고 다니듯 진현을 데리고
다녔다.

"이럴 경우엔 이렇게 소독하고, 저런 환자는 이 약을 써야
돼."

그는 기본적인 것부터 하나하나 전부 진현을 가르쳤다.

"네, 감사합니다."

진현은 이미 모두 알고 있는 내용이지만 티 내지 않고 설명
을 경청했다.

"네가 지난번에 해놓은 처치도 좋았지만, 다음엔 이렇게
하라고."

"네, 선생님. 다음번엔 주의하겠습니다."

뭔가 강형석이 잘못 알고 있는 경우도 있었지만 역시 진현
은 티 내지 않았다.

일단 아랫사람에게 뭔가 가르치려고 하는 것만으로도 고
마운 거다.

관심 없이 성질만 내는 경우도 많기 때문에.

단, 문제는 저년 차의 생각이라고 진현의 의견을 너무 무시
한다는 것이다.

"김진현, 이 환자는 왜 이 약을 썼지?"

"교통사고 수술 후 폐가 안 좋아져서입니다."

"폐? 폐렴 같은데 항생제를 썼어야지. 왜 이런 약을 썼어?"

"폐에 물이 찼거나 급성 폐 손상(Acute lung injury)를 생각했습니다."

그 말에 강형석은 인상을 찌푸렸다.

"급성 폐 손상?"

"네."

그는 못 들을 이야기를 들은 것처럼 고개를 저었다.

차분한 성격답게 화를 내진 않았다.

"이제 1년 차가 급성 폐 손상이 무슨 질환인지나 알아? 급성 폐 손상은 제대로 오면 사망률이 40%가 넘는 중한 질환이야. 열심히 고민하는 것은 기특하지만 책에서 보던 거랑 임상은 달라.

"……."

"폐렴에 준해 항생제나 처방해."

어쩔 수 없이 진현은 고개를 끄덕였다.

"네, 알겠습니다."

'폐렴은 아닌 것 같은데…….'

물론 진현도 자신의 생각이 틀리길 바랐다.

강형석의 말처럼 급성 폐 손상은 사망률이 엄청나게 높다.

'뭔가 불안해.'

진현은 안 좋은 감에 인상을 찌푸렸다.

하지만 지금 시점에선 급성 폐 손상이 맞더라도 할 수 있는 조치가 없었다.

그저 자신의 추측이 틀리고 강형석의 생각이 맞기를 기도
할 수밖에.

*　　　*　　　*

곧 회진 시간이 돼 고영찬 교수가 나타났다.

그는 날카로운 눈으로 진현을 훑었다.

"잘하고 있나? 환자는 괜찮고?"

"네, 교수님."

옆에 서 있던 강형석이 대신 답했다.

"김수민 환자는?"

"그 환자는……."

치프가 진현 대신 환자의 상태를 설명했다.

1년 차는 프레젠테이션 경험이 부족해 혼쭐이 나는 경우가
많아 대신 설명하는 거다.

특히 고영찬 교수는 성질이 나쁘기로 유명하다.

그런데 가만히 듣던 고영찬이 말했다.

"강 치프."

"네?"

"난 자네에게 물은 것이 아니라 주치의에게 물어본 거야."

"……!"

주치의는 1년 차 김진현을 뜻한다.

나직한 목소리였지만 강형석은 식은땀이 흘렸다.

"죄, 죄송합니다."

"주치의가 다시 설명해."

고영찬은 뱀 같은 눈으로 진현을 바라봤다.

진현은 차분히 입을 열었다.

"김수민 환자분, POD(Postoperative day, 수술 후) 4일째. 수술 상처 양호하며… 그리고……."

그의 입에서 완벽한 설명이 흘러나왔다.

"염증 수치는?"

"8.34입니다."

"백혈구 수치는?"

"13,400입니다."

"빈혈 수치는?"

"9.8입니다."

고영찬은 트집을 잡기 위해 꼬치꼬치 캐물었으나 진현은 소수점까지 완벽히 기억하고 있었다.

흠잡을 게 전혀 없었다.

"이성중 환자 JP 드레인(Drain)은?"

"이성중 환자 JP 드레인은 8시간 동안 장액성(Serous color) 으로 120㏄……."

그 뒤로도 고영찬은 집요하게 물어봤으나 진현은 모두 완벽히 답했다.

옆에 서 있던 치프 강형석은 감탄으로 입을 벌렸다.

고영찬의 눈도 살짝 커졌다.

도저히 1년 차라곤 상상 못할 프레젠테이션이었다.

하지만 고영찬은 속으로 인상을 찌푸렸다.

'젠장. 흠잡을 게 없잖아.'

이사장 이종근의 명령을 수행하기 위해선 트집을 잡아야 하는데, 며칠 지켜본 이 녀석은 빈틈이 전혀 없었다.

어떻게 이런 놈이 다 있을까 하는 생각이 들 정도였다.

'쉽지 않겠군.'

그는 자신이 맡은 임무가 생각보다 어려운 것임을 깨달았으나 어쩔 수 없었다.

이사장의 명은 무조건 따라야 한다.

"그러면 회진 시작하지."

프레젠테이션이 끝난 후 회진을 돌기 시작했다.

회진을 돌며 고영찬은 먹이를 노리는 뱀처럼 진현의 잘못을 찾았다.

물론 별 성과는 없었다.

'젠장.'

그런데 마지막 환자의 회진이 끝났을 때였다.

고영찬은 눈썹을 찌푸렸다.

"환자 상태가 안 좋군."

"네, 폐가 안 좋습니다. 폐렴 가능성으로 항생제 투약 시작한 상태입니다."

아까 진현과 치프가 논의하던 환자였다.

교통사고 후 수술은 잘 끝났는데 폐가 안 좋아지고 있었다.

"잘 봐야겠는데? 저러다 넘어갈 수도 있겠어."

그 말에 진현은 무겁게 고개를 끄덕였다.

확실히 느낌이 안 좋았다.

"네, 알겠습니다."

6장

호흡부전

좋은 의사라도 자주 만나면 안 좋다.

그 말은 진리였다.

상태가 안 좋기 때문에 자주 보는 것이기 때문이다.

진현은 폐가 안 좋아지는 교통사고 환자에게 뻔질나게 드나들었다.

"아휴, 선생님. 좀 쉬엄쉬엄하세요."

교통사고 환자의 이름은 김성복이었다.

50대의 남자 환자였는데, 아내로 보이는 보호자는 비슷한 또래의 푸근한 인상의 중년 여인이었다.

"아, 선생님 오셨어요? 하아하아……."

환자도 진현을 보고 반색했다.

보호자와 환자 모두 하루에 열 번도 넘게 얼굴을 비치는 진현을 좋아했다.

하지만 몇 마디를 하고 숨이 찬지 헉헉거렸다.

산소마스크를 하고 있음에도 안 좋은 모습에 진현의 얼굴이 어두워졌다.

"숨차니 말씀 안 하셔도 됩니다."

"네, 숨이 차네요. 하아하아……."

진현은 침상 옆에 놓인 체내 산소 측정기를 바라봤다.

측정결과 92%.

'안 좋아.'

정상인은 아무런 산소 공급 없이도 97% 이상을 기록한다.

산소마스크로 산소를 제공함에도 92%라니.

90%가 넘는다고 좋아할 게 아니다.

이건 곧 숨이 넘어가기 직전이란 뜻이었다.

환자를 살핀 후, 진현이 병실을 나가니 보호자가 따라 나왔다.

"저… 선생님, 좀 어떤가요?"

걱정이 가득한 목소리다.

진현은 솔직하게 말했다.

"좋지는 않습니다. 할 수 있는 여러 조치를 취하고 있지만 폐가 계속 나빠지고 있습니다."

진현의 말은 사실이었다.

그는 치프 강형석의 꾸지람을 각오하고 모든 조치를 취하고 있었다.

그러나 모든 노력이 무색하게 환자는 안 좋아졌다.

"아……."

보호자의 눈이 흔들렸다.

"안 좋아진단 말은… 혹시 사망할 수도 있단 뜻인가요?"

진현은 조심스러운 목소리로 답했다.

"최선을 다하고 있지만… 정말 안 좋을 경우엔… 그럴 수도 있습니다."

"……!"

보호자의 눈에 눈물이 가득 차올랐다.

"아, 안 돼요. 이제 겨우 다시 만났는데… 아이들도 아빠 얼굴 몇 번 보지도 못 했는데… 이제 겨우 잘해주려 했는데… 흑."

진현은 보호자와 환자 간에 모종의 사정이 있음을 깨달았다.

무슨 사정인지 알 수는 모르지만… 가슴 저린 안타까움이 느껴졌다.

하긴 아픔이 없는 사람이 어디 있겠는가?

그 슬픔을 느끼자 아버지가 위암으로 임종했을 때가 떠올랐다.

소중한 사람을 잃는 것은 너무나 슬프다.

"제발, 제발 살려주세요, 선생님."

"최선을 다하겠습니다."

진현은 고개를 끄덕였다.

이럴 때 의사가 할 수 있는 것은 단 하나, 환자를 위하는 마음으로 최선을 다하는 것뿐이다.

'좋아져야 하는데……'

진현은 주먹을 쥐었다.

하지만 정말 슬프게도 최선을 다함에도 안 좋아지는 경우가 있다.

이 환자가 그러했다.

                    *   *   *

새벽 3시 30분.

진현은 지친 몸을 당직실에 뉘었다.

'소독하고 아침 수술 준비하려면 5시 전에 일어나야 하니… 1시간 30분 정도 잘 수 있겠군.'

한숨이 나왔다.

하지만 뭐, 어쩌겠나?

팔자가 고생할 운명인 것을.

너무 고되다 보니 피부과 생각이 다시 떠올랐지만 이미 접은 길이다.

그리고 그는 눕자마자 잠이 들었다.

그런데 10분 정도 지났을까?

띠리리!

전화벨이 울렸다.

천근보다 무거운 눈꺼풀로 비몽사몽 전화를 받았다.

"…김진현입니다."

다 죽어가는 목소리.

ㅡ김진현 선생님!

연희였다.

그런데 평소의 나긋나긋한 음성이 아니다.

숨 넘어갈 듯 다급한 목소리에 잠이 번쩍 깼다.

ㅡ김진현 선생님, 큰일 났어요! 교통사고 나셨던 김성복 환자분 산소 수치가 80%예요!"

"……?!"

진현은 벌떡 침대에서 일어났다.

"지금 바로 가겠습니다. 당장 동맥 검사(ABGA) 좀 해주세요."

진현은 병동으로 뛰어올라갔다.

"서, 선생님! 제발 우리 이이 살려주세요!"

보호자가 사색이 된 얼굴로 발을 구르며 진현을 맞았다.

진현은 급히 환자를 살폈다.

"하아, 하아······."

환자는 마치 전력으로 100미터 달리기를 한 것처럼 헐떡거리고 있었다.

산소를 최고로 주입 중임에도 수치는 80% 초반에서 왔다 갔다 했다.

"환자분 괜찮으십니까?"

가슴을 두드리며 자극을 줘도 대답을 못했다. 의식을 잃은 거다.

'호흡 실패(Respiratory failure)!'

진현은 이를 악물었다.

결국 우려하던 상황이 온 것이다.

전력으로 오랫동안 달리지 못하는 것처럼 사람의 호흡 근육은 움직임에 한계가 있다.

그 한계를 벗어나면 숨을 쉬지 못한다.

"선생님, 여기 동맥 검사예요!"

"······!"

—pH7.2, O₂ 45, CO₂ 65

최악의 결과였다.

특히 pH가 7.2인 것과 몸 안의 이산화탄소가 65나 되는 것이 나빴다.

폐가 산소, 이산화탄소 교환을 제대로 못하기 때문이다.

만약 이산화탄소가 더 적체돼 pH가 7.1 정도까지만 내려가도 심장마비가 올 수 있다.

그러기 전 조치를 취해야 했다.

"기관 삽관 준비해 주세요."

"기관 삽관이요?"

연희가 놀라 물었다.

진현은 굳게 고개를 끄덕였다.

"네, 지금 다른 방법이 없습니다. 기관 삽관 후 중환자실에 내려가 인공호흡을 시작하겠습니다."

스스로 숨을 못 쉬면 기계로 인공호흡을 해주는 방법밖에 없다.

"빨리 준비해 주십시오. 급합니다."

"네, 알겠어요!"

이럴 땐 1분 1초가 급하다.

다급한 응급 상황에 연희를 비롯한 간호사들이 빠르게 움직였다.

그런데 그때였다.

완고한 목소리가 들렸다.

"잠깐, 뭐하는 거냐?"

치프인 강형석이었다.

어떻게 연락을 받은 건지 급한 얼굴로 병동에 나타났다.

그도 환자의 얼굴을 보고 단번에 사태를 파악했다.

"이런……."

"호흡부전이 와 기관 삽관을 해야 할 것 같습니다."

진현은 빠른 목소리로 설명했다.

그런데 강형석이 굳은 얼굴로 말했다.

"그래, 그런데 김진현. 잠깐만 나 보자."

"네?"

"이리로 와봐."

병동 밖에서 강형석이 잔소리를 했다.

"이렇게 환자가 안 좋으면 나한테 연락을 해야지. 왜 혼자서 보려고 그래? 잘못되면 어떻게 하려고?"

김진현은 속으로 입을 벌렸다.

물론 이제 막 레지던트가 된 1년 차가 혼자 볼 환자는 아니긴 하지만, 굳이 이 급한 상황에서 이런 이야기를 해야 하나?

"다음부턴 조심해."

"…네."

그런데 그때 병실 안에서 연희가 다급하게 외쳤다.

"선생님, 산소 수치 더 떨어져요! 빨리 와줘요!"

"……!"

강형석이 급히 말했다.

"다음부턴 이러지 말고, 잘못하면 큰일 날 수도 있으니 기관 삽관은 내가 진행한다. 너는 잘 보고 배워!"

그리고 둘은 병실로 들어갔다.

산소 수치 73%.

환자는 간헐적으로 경련하듯 헐떡거릴 뿐 제대로 숨을 쉬지도 못했다.

호흡 근육이 지칠 대로 지쳐 마비가 온 거다.

73%니 반 넘게 산소가 있다 생각하면 안 된다.

실제로는 필요한 산소에 반도 없는 상태다. 더구나 수치는 점점 더 떨어지고 있다.

"앰부 주세요. 김진현 너는 여기 앰부 좀 짜."

진현은 밖에서 강제로 산소를 밀어 넣어주는 앰부 마스크의 공기 주머니를 짰다.

"뇌는 1−2분만 피가 안 가도 손상이 가. 그러니 다른 처치와 다르게 기관 삽관은 한번에, 신속히 성공해야 해. 안 그러면 큰 문제가 생긴다."

강형석은 환자의 목을 뒤로 젖혀 입, 성대, 기도로 향하는 길을 일(一)자로 만들었다.

"이럴 때일수록 절대 당황하지 말고. 당황하면 실수해. 기관삽관 튜브 준비해 주세요."

연희가 다급히 되물었다.

"사이즈는 몇으로 줄까요?!"

"8.0으로 주세요."

강형석은 절대 당황하지 않았다.

분명 칭찬할 만한 태도다.

하지만 상황이 너무 급했다.

"선생님, 산소 수치 65%입니다. 앰부 호흡이 효과가 없습니다. 더 떨어집니다."

"그래, 지금 바로 하자. 후두경 주세요!"

기관 삽관은 기도로 직접 관을 밀어 넣는 술기다.

기도에 관을 넣으면 환자가 숨을 쉬지 않아도, 외부에서 고농도의 산소를 넣어줄 수 있게 된다.

후두경으로 후두덮개를 젖힌 후 튜브를 밀어 넣으면 되는 술기라 복잡할 것은 없었다.

하지만 과정이 간단하다고 쉬운 것은 절대 아니다.

특히 기관 삽관은 분초를 다투는 응급 상황에 하는 경우가 많기 때문에 잘 안 풀리면, 환자에게 치명적인 타격을 줄 수 있다.

'후두덮개를 젖히고…….'

치프 강형석은 능숙히 후두경을 쥐었다.

레지던트 3년 차는 병원에서 기관 삽관을 가장 많이 시행하는 직급이다.

그도 풍부한 경험이 있었고 기관 삽관 하나만큼은 교수보다 잘했다.

그런데 환자의 입안을 후두경으로 젖힌 그의 얼굴이 갑작스레 굳었다.

생각지도 못한 광경이 펼쳐져 있었던 것이다.

입안이 퉁퉁 부어 기도로 향하는 길이 전혀 보이지 않았다.

'하나도 보이지 않아! 왜 이렇게 부어 있지?'

전혀 예상 못한 고난도 기도(Difficult airway)로 입에서 성대, 기도로 향하는 길이 하나도 보이지 않았다.

그저 시커멨다.

'이런, 젠장!'

그때 다른 간호사가 외쳤다.

"산소 수치 50%예요, 선생님!"

50%!

90%만 되도 몸은 저산소증에 시달린다.

이대로라면 1분도 안 돼서 심장마비가 일어날 것이다.

저산소증으로 심장마비가 오면 환자는 죽는다.

차분하던 강형석의 얼굴에 초조함이 올라왔다.

*   *   *

그는 손을 움직여 후두경을 조작했다.

하지만 불 꺼진 동굴 같을 뿐 성대로 통하는 길은 보이지 않았다.

'젠장! 안 보여.'

간호사가 다시 외쳤다.

"선생님, 40%! 빨리요!"

3초에 10%씩 떨어졌다.

더 이상은 안 된다.

결단을 내려야 했다.

'지금은 이 자리에 나 말고 기관 삽관을 할 수 있는 사람은 없어. 보지 않고 넣는다!'

어차피 입에 구멍은 두 개다.

식도와 기도!

안 보고 밀어 넣어도 둘 중 하나에는 들어간다.

특히 기도는 입 뒤쪽 천장에 접해 있으니 그쪽을 긁으며 밀어 넣으면 절반 이상의 확률로 성공할 수 있다.

"넣습니다!"

쓰윽!

이윽고 튜브가 밑으로 내려갔다.

'제발!'

그 자리의 모두가 간절한 마음으로 기도했다.

"산소 연결해 주세요!"

진현이 앰부를 기도 튜브에 연결해 공기를 주입했다.

제대로 들어갔으면 이제 산소 수치가 오를 것이다.

모두 침을 꿀꺽 삼키고 산소 수치를 바라봤다.

2초도 안 되는, 하지만 억겁 같은 시간이 흐르고······.

30%에서 수치가 변했다.

　　　　　*　　　　　*　　　　　*

　20%!

　모두의 얼굴이 하얗게 질렸다.

　"튜브 다시 빼십시오! 폐가 아니라 식도로 들어갔습니다!"

　정말로 공기를 주입할 때마다 폐가 위치한 흉곽이 아니라 식도 밑에 위치한 윗배가 들썩거렸다.

　강형석은 급히 다시 기관 삽관을 시도하며 외쳤다.

　"김진현, 너는 빨리 이태수한테 전화해! 빨리!"

　이태수는 지금 병원에서 당직을 서는 다른 고년 차 레지던트로 도움을 요청하는 거다.

　진현은 입술을 깨물었다.

　같은 건물에 당직을 서고 있다 해도 오는데 최소 2분은 걸린다.

　하지만 이제 환자는 30초도 못 버틴다.

　아니, 30초가 뭔가?

　15초 안에 심장마비가 올 수도 있다.

　"제가 하겠습니다."

　"뭐?!"

　"제가 하겠습니다."

　치프 강형석은 황당하다는 듯 인상을 찌푸렸다.

"야, 이걸 1년 차인 네가……!"

하지만 진현이 급히 말을 잘랐다.

평소처럼 예의와 경우를 따질 상황이 아니었다. 그러다간 환자는 죽는다.

"제가 하겠습니다! 많이 해봤습니다. 할 수 있습니다!"

"너……!"

서로의 눈이 마주쳤다.

그리고 진현의 간절한 눈빛에 강형석은 흠칫했다.

진현의 눈은 할 수 있다고, 아니, 반드시 해내겠다고 외치고 있었다.

"죄송합니다!"

그가 주춤하는 사이, 진현은 환자의 머리로 급히 이동해 후두경을 잡았다.

"김진현 선생님, 10%예요!"

연희가 창백한 얼굴로 외쳤다.

한편 후두경으로 혀를 젖힌 진현은 아찔한 마음이 들었다.

'이런, 망할!'

고년 차인 강형석이 실패한 이유를 알 수 있었다.

고난도 중의 고난도의 기도였다.

기관 삽관이 어려운 이유는 가끔 예상치 못하게 이런 고난도 기도를 마주하기 때문이다.

진현은 이를 악물었다.

'아무리 고난도라도 무조건 해내야 해.'

못 해내면 환자가 죽는다.

2번의 기회도 없다.

단 한 번 만에 해내야 했다.

그래도 진현의 경험이 좀 더 많아 힘들게 조작하니 기도가 보이긴 했다.

하지만 보여도 문제였다.

'길이 너무 좁아. 어떻게 하지?'

목안이 퉁퉁 부어 목, 성대, 기도로 통하는 길이 한없이 좁아져 있었던 것이다.

이런 기도라면 그도 성공을 확신할 수 없다. 아니, 누가 와도 성공보단 실패할 확률이 높았다.

"선생님, 산소 수치 0%예요!"

0%!

체내에 산소가 한 톨도 남아 있지 않은 것이다. 진현은 자신의 심장이 멎는 느낌이 들었다.

이제 심장마비가 일어날 때까지 5초도 안 남았다.

반드시 그 안에 성공해야 했다.

'제발!'

좀 더 얇은 튜브가 있으면 좋겠지만 시간 안에 준비할 수가 없다.

진현은 곡선으로 휜 튜브를 일직선으로 폈다. 그리고 튜브를 고정하는 철사(Stylet)를 밀어 넣었다.

그 동작만으로 2초가 흘렀다.

그 순간, 병실에 모여 있던 간호사들이 비명을 질렀다.

"꺄악! 심장 맥박 늘어져요!"

"코드(Code) 방송해! 빨리! 빨리!"

마치 임종할 때처럼 심장의 리듬이 일직선으로 쭈욱 늘어졌다.

심장마비가 일어나고 있는 것이다.

희미하게 리듬이 있긴 했지만 미약했다.

곧 Arrest(사망)다.

병원 전체에 심폐소생술(CPR)이 발생했음을 알리는 코드(Code)가 방송됐다.

반면 모두가 비명을 지를 때, 진현의 눈은 깊게 가라앉았다.

절대 당황하면 안 된다.

무슨 일이 있어도!

당황하면 환자를 잃는다.

두근!

자신의 심장 소리가 천둥처럼 들렸다.

기회는 단 한번이다.

모든 지각을 잊었다.

오로지 눈끝의 성대와 손끝의 튜브만을 느꼈다.

'제발!'

빛이 명멸하듯, 그 찰나의 순간.

보호자의 말이 떠올랐다.

'제발, 제발 살려주세요, 선생님.'

보호자와 환자 사이에 무슨 한이 있는지는 모른다.

하지만 도와주고 싶었다.

반드시!

진현의 손이 움직였다.

모두가 그의 손끝을 바라봤다.

퉁퉁 부운 점막의 저항을 통과한 튜브가 무언가를 통과했다.

시야가 너무 안 좋아 튜브가 기도를 통과한 것인지 식도를 통과한 것인지 확인할 수 없었다.

"앰부 연결해 주세요!

푸숙!

앰뷰를 통해 산소가 공급됐다.

그 자리의 모두가 간절한 마음으로 기도하듯 산소 수치를 바라봤다.

띠익— 띠익—

0%.

1초, 2초, 3초…….

시간이 지나도 수치는 0%에서 올라가지 않았다.

치프 강형석이 질린 얼굴로 외쳤다.

"수치가 회복이 안 되잖아! 폐로 안 들어가고, 식도로 들어갔어!"

그는 다급히 튜브를 다시 빼려고 했다.

하지만 진현이 말렸다.

"잠깐만 기다려 주십시오. 수치는 조금 늦게 회복될 수 있습니다. 아까와 다르게 폐가 위치한 흉곽이 움직이고 있습니다!"

그 말처럼 산소를 주입할 때마다 가슴이 위아래로 움직였다.

튜브가 제대로 들어갔다는 뜻이다.

하지만 산소 수치는 여전히 0%다.

4초, 5초…….

피가 마르는 시간이 지나고 드디어 수치가 변했다.

10%, 20%, 30%…….

"아!"

누군가 안도의 한숨을 내쉬었다.

튜브가 제대로 들어간 것이다.

한번 오르기 시작한 수치는 쭉쭉 회복돼 곧 100%까지 올라갔다.

튜브를 통해 공기를 교환해 주자 체내 가스 균형이 회복되며 심장의 움직임도 정상으로 돌아왔다.

진현은 땀을 닦고 말했다.

"거기 인턴 선생님, 앰부 짜주세요. 치프 선생님, 저는 중환자실에 연락해 인공호흡기 준비해 놓겠습니다."

"아, 그, 그래."

치프 강형석은 얼떨떨하게 고개를 끄덕였다.

놀란 가슴이 진정이 안 됐다.

그런데 그때, 병실 밖이 요란스러워졌다.

"무슨 일입니까?!"

"환자는 어떻습니까?"

코드(Code) 방송을 듣고 심폐소생술을 위해 달려온 내과의사들이었다.

보통 심폐소생술 경험은 내과나 응급의학과 의사가 가장 많기 때문에 그들이 병원 내 심폐소생술을 전담한다.

이제 내과 1년 차인 혜미도 뒤쪽에 있었다.

전문의나 고년 차가 리더 역할을 하면 밑의 일을 수행하기 위해 같이 따라다니는 것이다.

'진현아.'

긴장으로 땀에 흠뻑 젖은 진현을 본 혜미의 눈이 흔들렸다.

진현도 그녀를 봤다.

하지만 지금은 사담을 나눌 시간이 아니다.

"어떻게 된 것입니까?"

심폐소생술 팀의 리더인 내과 당직 전문의가 물었다.

아직 정신을 못 차리는 강형석을 대신해 진현이 차분히 설명했다.

"호흡부전에 의한 것이었습니다. 심장마비가 일어나기 전 기관 삽관에 성공해 심장마비까지는 가지 않았습니다."

"정말 다행이군요."

내과 전문의는 한숨을 내쉬었다.

마비 직전과 심장마비. 그 차이는 천지차이다.

일단 심장마비를 막았으면 환자 장기의 큰 타격은 없을 거다.

"흠……."

내과 전문의는 빠르게 환자를 훑었다.

환자의 얼굴을 본 그는 신음을 흘렸다.

"큰 턱, 짧은 목, 전체적으로 부은 몸… 이런 경우 저희 호흡기 내과의사도 기관 삽관이 굉장히 어려울 것 같았는데 대단하군요. 치프신가요?"

"1년 차입니다."

그 말에 내과의사의 눈이 커졌다.

고작 1년 차가 이런 어려운 환자의 기관 삽관을 성공했다고?

그는 크게 감탄했다.

"역시 외과 선생님이시군요. 대단합니다. 혹시 저희가 도 와드릴 일은 없을까요?"

"아닙니다. 이제 중환자실에 내려갈 것이니 저희가 보겠습 니다."

"그러면 수고하십시오. 만약 필요하시면 언제든 연락하시 고요."

그런데 그때, 그제야 정신을 차린 강형석이 급히 내과 전문 의를 불렀다.

"저 선생님, 죄송한데 호흡기 내과 선생님이십니까?"

"네, 그렇습니다."

"이 환자분 X—ray 좀 봐주실 수 없으십니까? 폐렴으로 치 료 중인데… 계속 안 좋아져서."

호흡기는 폐를 전문으로 진료하는 내과다.

즉, 모든 의사 중에서 내과 의사가 폐를 가장 잘 본다.

중환자실 내려갈 채비를 하는 사이, 호흡기 내과의사는 간 단한 설명을 들으며 사진을 봤다.

"여기 폐렴이……."

"폐렴은 아닌데요?"

"네?"

"물론 X—ray에서 정확히 구별할 수는 없지만 폐렴보다는 폐에 물이 찬 폐울혈 같은데요? 교통사고 후 스트레스 상황의 환자니 급성 폐 손상(Acute lung injury) 가능성도 있고요."

치프 강형석의 눈이 커졌다.

폐울혈, 급성 폐 손상.

모두 1년 차 김진현이 주장하던 내용이다.

"혹시 항생제만 쓰셨어요?"

"아……."

치프는 꿀 먹은 벙어리가 됐다.

호흡기 내과의사는 대답을 기다리지 않고 혼자 전산을 열어봤다.

최근 처치 내용이 좌르륵 펼쳐졌다.

"그래도 이뇨제도 쓰시고… 폐울혈이나 급성 폐 손상에 준해서 할 수 있는 모든 조치는 다 하셨네요. 이렇게 할 수 있는 조치를 다 하셨는데 안 좋아진 것은 어쩔 수 없죠."

강형석은 혼란스러운 얼굴을 했다.

'난 항생제만 쓰라고 했는데. 저걸 언제 다 한 거지?'

진현이 그 몰래 한 처치들이다.

"저 그러면… 인공호흡기는 어떻게………?"

아무래도 인공호흡기는 호흡기 내과의사가 더 전문이다.

내과 전문의는 가르쳐 주기 위해 진현을 불렀다.

"저, 주치의 선생님?"

"네?"

주치의, 김진현이 답했다.

"인공호흡기는 어떻게 조절하실 건가요?"

"압력조절환기 모드(Pressure control ventilation)로 Low tidal, High PEEP으로 할 것입니다."

"수치는요?"

"적정몸무게(Ideal body weight)를 고려했을 때 350ml 정도로 하고 조정하려 합니다."

"압력은요?"

"PEEP 테이블에 맞춰서 조정할 것입니다."

완벽한 답변에 내과의사는 감탄의 표정을 지었다.

"이미 다 아시네요. 그렇게 하면 될 것입니다. 혹시 선생님이 김진현 선생님인가요?"

진현은 놀란 표정을 지었다.

어떻게 알지?

내과 전문의는 살짝 미소 지었다.

"아니, 너무 잘 알기에 혹시나 해서요. 선생님, 괴물인턴으로 엄청 유명했잖아요. 우리 내과로 왔으면 좋았을 텐데 아쉽네요. 우린 이만 가보겠습니다. 혹시 어려운 일 있으면 바로 연락하세요. 도와드릴 테니."

그리고 그는 등을 돌려 아직 남아 있는 혜미에게 말했다.

"이혜미 선생, 우린 이만 갑시다."

"아, 네."

멍하니 진현을 바라보던 혜미는 놀라 고개를 끄덕였다.

'정신 차려, 이혜미. 이런 응급 상황에서, 무슨.'

이런 상황에서도 두근거리는 주책맞은 자신의 심장이 한 심스러워 그녀는 몰래 고개를 저었다.

'어쩔 수 없잖아. 한 달 만에 보는 것인걸.'

고생이 많았는지 오랜만에 만난 진현은 비쩍 말라 있어 마음이 아팠다.

그러면서도 중환자를 처치하는 모습이 멋지게 보여 가슴이 살짝 떨렸다.

참으로 주책스러운 마음이 아닐 수 없다.

그런데 그때 한 간호사가 진현에게 말했다.

"선생님, 중환자실에서 준비 끝났대요. 내려가면 될 것 같아요."

"네, 지금 바로 내려가겠습니다."

그리고 진현은 다른 의료진과 함께 환자 침대를 끌고 엘리베이터로 향했다.

*   *   *

기관 삽관을 했다고 끝이 아니었다.

아니, 인공호흡기를 달았으니 진정한 치료는 이제부터 시작이었다.

"선생님, 환자의 산소 수치 떨어져요!"

"압력(PEEP)을 올려주십시오."

"인공호흡기의 산소 농도는요?"

"50%로 고정해 주십시오."

폐가 안 좋으니, 몇 분 간격으로 상태가 계속 변했다.

중간에 치프 강형석은 병동에 다른 환자가 문제가 생겨 사라졌다.

어쩔 수 없이 진현 홀로 환자 옆에 딱 붙어 계속해서 인공호흡기를 조정했다.

잠은 당연히 한잠도 못 잤다.

'해 뜨는구나.'

진현은 눈을 비볐다.

환자 옆에서 맞는 일출은 언제나 느끼는 것이지만, 상쾌…할 리가 있나?

엄청 피곤했다.

그래도 그의 노력 덕분일까?

환자는 점점 호전을 보였다.

"김진현."

그런데 어느덧 중환자실로 돌아와 굳은 얼굴로 진현이 하는 양을 지켜보던 강형석이 입을 열었다.

"네?"

진현은 인공호흡기의 레버를 조정하며 반문했다.

집중하느라 시선은 돌리지 못했다.

산소 농도는 좀 더 낮추고, 일단 압력은 유지하고… 좋아,

이렇게만······.

그런데 의외의 말이 들렸다.

"고맙다."

"······!"

진현은 놀라 고개를 돌렸다.

그곳엔 뻣뻣한 강형석이 고개를 숙이고 있었다.

"아, 아니. 왜 그러십니까, 선생님?"

진현은 당황해 말했다.

"너 덕분에 환자가 살았어. 정말로 고맙다."

"아, 아닙니다. 저는 그냥······."

강형석은 고개를 저었다.

"아니야. 정말로 너 아니었으면 환자를 잃을 뻔했어. 정말 고맙다."

"······."

"그리고 처음 네 의견 무시한 것도 미안하다. 1년 차 생각이라고 흘려들을 게 아니라, 꼼꼼히 고려해 봤어야 하는데. 그래도 네가 필요한 조치는 다 했더구나. 고맙다."

진현은 민망한 마음이 들었다.

그는 급히 손을 저었다.

"아닙니다. 신경 쓰지 마십시오. 그저 운이 좋았을 뿐입니다."

"아니야. 너를 다른 1년 차처럼 생각하면 안 된다는 동기들

말을 들었어야 하는데."

노골적 칭찬에 진현은 민망한 마음이 들었으나 치프의 말은 조금도 빈말이 아니었다.

단지 기관 삽관 성공으로만 그렇게 생각하는 게 아니었다.

환자를 접근할 때 보여줬던 식견, 그리고 특히 인공호흡기를 다루는 실력.

이건 도저히 1년 차의 것이 아니다.

'더구나 인공호흡기 조작 실력은 나보다 훨씬 나아. 이걸 언제, 어디서 배운 거지?'

인공호흡기를 다루는 것은 고도의 숙련된 지식과 경험이 필요하다.

치프인 그도 인공호흡기는 어려움이 많은데 이 녀석은 도대체?

도대체 어떻게 이런 실력과 지식을 가지고 있는지 미스터리지만 김진현, 이 괴물 놈을 상식으로 보지 말라는 동료들의 말이 옳았다.

'한국대 수석이라 그런가?'

당연히 말도 안 되는 추측이었다.

'도저히 모르겠군.'

어쨌든 한 가지 확실한 것은 있다.

이 녀석은 단순한 1년 차가 아니었다.

괴물.

인턴 때 불리던 것처럼 규격 외의 괴물이었다.

강형석의 마음에서 진현이 가르쳐야 할 아랫사람에서 불가해한 괴물로 바뀌는 순간이었다.

그때 진현이 말했다.

"아닙니다. 저는 아직 까마득히 부족합니다. 선생님 같은 선배님들이 많이 가르쳐 주고 이끌어주셔야 하니 앞으로도 많은 가르침 부탁드리겠습니다."

그리고 꾸벅 고개를 숙였다.

강형석은 별로 가르침이 필요 없을 것 같단 생각이 들었지만 고개를 끄덕였다.

어쨌든 저런 자세는 미워 보이지 않았다.

"그래, 나도 앞으로도 잘 부탁한다."

7장

응급실

아침이 되자 담당 교수인 고영찬이 중환자실에 나타났다.

그는 인공호흡을 하고 있는 환자를 보고 인상을 찌푸렸다.

"원인은?"

진현이 답했다.

"급성 폐 손상(Acute lung injury) 가능성이 가장 높을 것 같습니다."

"급성 폐 손상?"

"네, 교통사고 후 스트레스 반응으로 염증 반응이 왔을 거라 추정하고 있습니다."

"그래?"

고영찬은 마음에 안 든다는 듯한 얼굴을 했다.

급성 폐 손상이면 사망률이 무척 높다.

"그런데 그런 것치곤 환자 상태가 나쁘진 않군. 새벽에 연락 받았을 때는 굉장히 안 좋은 줄 알았는데."

그건 치프 강형석이 대신 답했다.

"여기 주치의, 김진현 선생님 덕분입니다. 김진현 선생님이 적절히 조치한 덕분에 밤사이 호전을 보이기 시작했습니다."

"그래? 김진현 선생이?"

역시 마음에 안 드는 답변이다.

고영찬은 컴퓨터로가 전산을 켰다. 그리고 간밤의 처치와 차트를 꼼꼼히 살폈다.

환자가 무사한 것은 다행이지만… 고영찬에겐 이사장의 임무가 있었다.

'1년 차가 실수를 안 했을 리가 없어. 분명 문제가 있었을 거야.'

그는 김진현의 잘못을 찾기 위해 마치 논문을 정독하듯 모든 내용을 확인했다.

환자가 나빠지기 전, 나빠진 후, 기관 삽관 과정, 중환자실에서의 처치.

그러나 문제가 없었다.

모두 완벽했다.

뭔가 놓쳐서 환자가 나빠진 것도 아니고, 과정 중에 처치도 훌륭했다.

기관 삽관 중 환자 상태가 잠깐 안 좋긴 했으나 그건 잘못이라 보기 어려웠다.

아니, 오히려…….

'젠장, 치프가 기관 삽관을 실패했는데, 1년 차가 대신 성공해? 이게 무슨?'

고영찬의 얼굴이 똥 씹은 듯 변했다.

김진현이 기관 삽관을 실패했으면 그 흠이라도 잡겠는데…….

하지만 살피면 살필수록 감탄이 나올 뿐이다.

질책은커녕 칭찬을 해도 모자랄 정도였다.

'이사장님한테 빨리 결과를 보고해야 하는데.'

이사장 이종근에게 충성을 바치고 있는 고영찬은 마음이 급해졌다.

'아무리 뛰어나도 고작 1년 차야. 특히 이런 안 좋은 환자를 볼 때 완벽할 리가 없어.'

물론 그러면서 환자가 안 좋아지면 안 되겠지만 나빠지기 전에 적절히 개입하면 된다.

중요한 것은 김진현의 실책을 잡아내는 것이다.

그는 그렇게 생각하고 매의 눈으로 진현의 잘못을 살폈다.

하지만 이후에도 진현은 실책하지 않았다.

아니, 오히려 자신의 몸을 돌보지 않는 그의 헌신 덕분인지 환자는 호전을 거듭해 결국 인공호흡기도 떼고 일반 병실로 돌아갔다.

"정말… 정말, 감사합니다. 선생님."

보호자는 눈물을 글썽이며 감사를 표했다.

"아닙니다. 좋아지셔서 정말 다행입니다. 이대로라면 다음 주쯤엔 퇴원도 고려할 수 있을 듯합니다."

"아, 정말요? 정말 감사합니다!"

그 훈훈한 모습에 고영찬 교수는 인상을 썼다.

'어떻게 하지?'

트집을 잡아야 하는데 잡을 수가 없다.

그렇다고 막무가내로 파면시키면 동료 레지던트는 물론이고, 레지던트의 집합체인 전공의협의회에서도 가만히 있지 않을 것이다.

'젠장.'

아무리 고민해 봐도 뾰족한 수가 나오지 않았다.

그러다 어느 날 그는 이사장실에 불려가 언짢은 소리를 들었다.

"김진현 선생은 잘 지내는 것 같군. 자네가 잘해주나 봐? 고영찬 교수?"

언중유골(言中有骨).

부드러운 말이었으나 뼈가 있었다.

등골이 서늘해졌다.

"빠, 빨리 처리하겠습니다."

고개를 숙인 고영찬은 자신의 연구실로 돌아가 속으로 욕설을 내뱉었다.

'빌어먹을! 뭔가 건수가 있어야 일을 벌이지! 본인이 직접 하든지!'

그는 초조한 마음으로 고민했다.

뭔가 수를 내야 했다.

'최악의 경우, 없는 죄를 덮어씌울 수도 있겠지만… 역풍을 맞을 수 있으니 가급적 피해야 해.'

요즘 주당 140시간은 가뿐히 일하는 레지던트의 권익 신장이다 뭐다 말이 많았다.

턱도 없는 누명을 씌우면 모진 역풍을 맞을 수도 있다.

그런데 어느 순간, 그는 새로운 생각을 떠올렸다.

'잠깐 꼭 벌을 줄 필요는 없잖아? 어떻게든 쫓아내기만 하면 되는 거잖아?'

그는 김진현에 대한 소문을 떠올렸다.

—나이와 직급을 초월한 불가해한 천재.

—천재임에도 편안한 피부과를 지망. 하지만 전산오류로 외과 합격.

그는 진현이 편안한 피부과를 지망했다는 점에 주목했다.

'우리 대일병원에서 가장 힘든 근무처인 응급실로 보내 버리자.'

국내 최고인 대일병원의 외과 응급실은 말도 안 되게 높은 강도의 업무량으로 유명하다.

너무 많은 환자가 몰리기 때문인데, 가히 지옥을 연상시킬 정도이며 매년 응급실을 돌다 여러 명의 레지던트가 사표를 쓰고 도망갈 정도다.

'한번 버텨봐라.'

또 업무 강도 외에도 응급실에는 치명적 단점이 더 있었다.

응급실이란 장소의 특성상 중환자가 수도 없이 몰린다는 것이다.

그런 중환자들을 계속해서 보다 보면 문제가 안 생길 수가 없다.

이건 의사의 자질과는 상관없는 근무처의 특성이다.

'사표를 안 써도 돼. 어차피 버티다 보면 언젠가 문제가 생길 테니. 문제가 생기기만 해봐라. 그땐 바로.'

고영찬은 칼을 갈았다.

결정을 한 고영찬은 치프 강형석을 불렀다.

"강형석입니다, 교수님?"

곧 치프 강형석이 연구실로 들어왔다.

고영찬은 헛기침을 하며 물었다.

"아니, 자네를 부른 것은 레지던트 담당 주임교수로 하나 물어볼 게 있어서."

강형석은 의아한 표정을 지었다.

필요할 때는 하나도 관심을 가지지 않더니 갑자기 무슨 바람이지?

"요즘 응급실 인력이 모자라지 않나?"

"네, 그렇긴 합니다. 응급실을 담당할 2년 차의 숫자가 부족해서."

10명으로 시작한 대일병원 외과 2년 차는 현재 5명밖에 안 남아 있다.

응급실 등이 힘들어서 반이나 사표를 쓴 것이다.

원래 매년 나가는 사람이 있으나 2년 차는 특히 심했다.

레지던트와 인턴은 그 제도의 특성상 누군가 사표를 쓰면 충원이 안 된다.

남은 사람이 나간 사람의 몫까지 억지로 다 해내야 했다.

"5명이서 10명의 일을 하고 있으니 2배의 업무량이어서 많이 힘들긴 합니다. 응급실 근무도 손이 모자랄 정도로 빡빡하고요."

"그렇지? 그래서 내가 생각이 있는데."

고영찬은 생색을 내듯 말했다.

"김진현 선생을 응급실로 보내면 어떻겠나?"

"네?"

치프 강형석은 놀라 반문했다.

"하지만 이제 1년 차 초반인데……."

"뭐, 내가 보름 동안 지켜온 바로는 김진현 선생님 정도면 전혀 문제없을 것 같은데?"

"그렇긴 합니다만……."

강형석은 그 말에 동의했다.

기관 삽관 사건 이후 치프인 그는 김진현의 진료에 큰 간섭을 안 했다.

그러면서 가만히 지켜봤는데 역시 실력이 보통이 아니다.

김진현 이놈은 응급실이 아니라 우주 끝에 갖다 놓아도 잘할 것 같았다.

'하지만 왜 굳이 김진현을 응급실에?'

물론 김진현이 응급실로 빠지면 업무 분담이 비교적 편해지길 할 거다.

하지만 정말 그런 이유일까?

지금까지 레지던트 업무 부담에 한 번도 관심을 가지지 않던 위인이 갑자기 이러니 의문이 들었다.

"하여튼 그러면 그렇게 진행하겠네. 김진현 선생한텐 자네가 말 좀 전해주고."

"알겠습니다."

뭔가 이상했으나 주임교수의 결정에 토를 달 수는 없었다.

"그러면 김진현 선생의 응급실 근무는 언제까지로 하겠습니까?"

"언제까지?"

고영찬은 미소 지으며 답했다.

"그건 내가 상황을 봐서 결정하겠네. 바쁠 텐데 자네는 신경 안 써도 되네."

그런데 고영찬과 이종근이 모르고 있는 사실이 있었다.

중환자가 몰리는 응급실이야말로 진현의 능력에 가장 적합한 장소란 것을.

그렇게 진현은 지옥의 입구, 헬 게이트(Hell gate)라 불리는 응급실 근무를 시작하게 되었다.

*   *   *

"내가 왜 응급실을?!"

진현은 비명을 질렀다.

뛰어난 능력과 별개로 그의 입장에선 난데없는 날벼락이 아닐 수 없었다.

이전 삶에서 외과를 하며 가장 끔찍했던 기억이 바로 응급실이다.

그건 비단 진현뿐 아니라 모든 의사가 마찬가지일 거다.

응급실은 정말 지옥이었다.

의사에게나, 환자에게나.

물론 외과를 선택한 이상 응급실은 피할 수 없는 의무긴 했다.

하지만 정식 스케줄이 아닌 모자란 인원을 보충하기 위해서 투입돼야 한다고?

'아니, 2년 차 인원이 모자라면 다른 사람을 투입하지. 왜 하필 나야?! 1년 차가 나 한 명인 것도 아니고!'

진현은 물었으나, 답변은 이러했다.

"네가 제일 잘하니까."

"……."

진현은 똥 씹은 마음이 들었다.

말단 중의 말단, 1년 차의 입장에서 시키는 일을 안 할 수도 없었다.

그렇게 그는 생각지도 않은 응급실 근무를 시작했다.

'젠장.'

응급실에 내려가자 응급의학과 의사들이 진현을 반겼다.

다들 인턴 때 응급실에서 좋은 인상을 줬던 진현을 기억하고 있었다.

"여, 오랜만이네. 잘 부탁해, 외과 선생님."

"외과 힘들지?"

"김진현 선생님이 내려오니 든든하네."

개중에는 진현이 외과를 한 것에 대한 아쉬움을 드러낸 사람도 있었다.

진현보고 응급의학과를 하라고 꼬시던 이들이다.

"응급의학과 하라니까."

"오면 잘해줬을 텐데."

진현은 어색하게 웃었다.

응급실에 평생 살라니.

농담으로라도 싫었다.

어쨌든 응급의학과 의사들이 자신에게 호의를 가지고 있는 것은 다행이었다.

응급실 시스템 자체가 최초 응급의학과에서 환자를 진료 후, 외과적인 문제가 있으면 진현에게 연락을 하는 프로토콜이기 때문이다.

따라서 유기적인 협력이 필요했다.

진현은 응급실을 둘러보았다.

"여기 도와주세요!"

"아악!"

"야, 이놈들아! 뭐하는 거야?!"

앉을 자리도 없는 혼잡함, 간헐적으로 터지는 비명, 언성을 높이는 사람들.

응급실은 여전히 아비규환이었다.

절로 한숨이 나왔다.

그렇게 진현의 응급실 근무가 시작됐다.

*　　　*　　　*

한편 이사장 이종근은 고영찬 교수의 보고를 받았다.

"그래, 김진현 선생을 응급실로 보냈다고?"

"네."

이종근은 턱을 쓰다듬었다.

'과중한 응급실 업무를 통해 사표나 실수를 유도하자고?

나쁘지 않은 수이긴 한데…….

그 괴물 녀석에게 통할까? 그게 걸렸다.

"하여튼 잘해보게. 더 이상 내 귀에 김진현 선생의 이야기
가 안 들어오도록 잘해."

이사장인 자신이 별것도 아닌 인턴… 아니, 레지던트 나부
랭이를 언제까지 신경 써야 하는지 모르겠다.

기가 찰 지경이다.

"네, 이사장님."

고영찬 교수의 입장도 난감하긴 마찬가지였다.

김진현이 뭐라고.

고작 레지던트 때문에 이사장에게 미운 털을 박힐 순 없다.

고영찬은 생각했다.

'아무리 뛰어난 인재여도 의사의 실력은 임상 경험이 좌우

한다. 경험이 부족한 상태에서는 실책을 할 수밖에 없어. 기다려라. 실수만 하면…….'

*　　　*　　　*

그러나 그들에겐 불행히도 김진현은 임상 경험이 부족하지 않았다.

특히 장기간 대학 병원에서 일했던 그는 이런 응급 중환자를 보는데 특화돼 있었다.

진현이 응급실에서 일한 지 꽤 많은 시간이 지났으나, 특별한 문제는 일어나지 않았다.

오히려…….

"김진현 선생이 외과 쪽 응급실을 담당하니 아주 좋네."

"그러게. 계속 김진현 선생님이 전담을 했으면 좋겠어."

"맞아. 아예 건의를 해볼까?"

응급의학과 의사들은 입을 모아 진현을 칭찬했다.

물론 진현이 들으면 기겁할 소리였다.

환자를 향한 친절함, 동료 의사에 대한 존중, 빠르고 정확한 일 처리.

그야말로 완벽했다.

칭찬이 없으면 이상할 정도다.

실제로 응급의학과 의사들 말고도 환자들의 칭찬도 많았다.

〈감사한 김진현 선생님께.〉

이런 제목의 감사 편지들이 고객의 소리에 꽂혔다.

보통 혼잡하고 바쁜 응급실에선 칭찬은커녕, 불평, 컴플레인(Complain)편지만 많다는 것을 고려하면 굉장히 이례적인 일이었다.

물론 아예 문제가 없는 것은 아니었다. 아니, 굉장히 심각한 문제가 하나 있었다.

진현 본인이 너무 힘든 것이다.

'죽겠다……'

진현은 속으로 중얼거렸다.

모두가 그의 응급실 근무에 만족했지만 진현 본인은 죽을 지경이었다.

마지막으로 침대에 누워 잠을 잔 게 언젠지 모르겠다.

수도 없이 환자들이 오니 잠을 잘 수가 없었다.

'제발 3시간만 이어 잤으면… 아니, 근처에 기독병원도 있고 한국대 병원도 있잖아. 왜 여기로만 오는 거냐고!'

더 끔찍한 것은 그를 알아보는 환자도 있다는 것이다.

이전 김창영 총리를 치료하며 매스컴을 탄 탓이다.

"아, 김창영 총리를 치료하신 의사분이죠? 저 선생님한테 진료 받을래요."

이러며 달라붙는데, 거절할 수도 없고 죽고 싶을 지경이다.

퇴근은 일주일에 딱 한 번.

토요일 저녁 8시부터 다음 날 아침 7시까지뿐이다.

그때조차도 중환자가 겹쳐오면 못 쉬었다.

'조금만 버티자. 나중에 성공하면 건물도 사고 한껏 게으름 피워줄 거다.'

진현은 자신의 꿈을 중얼거리며 좀비처럼 응급실을 배회했다.

*   *   *

그렇게 이사장이 진현의 실수만 기다리며 하루하루를 보내고 있을 때였다.

대일병원 근처 강남의 청담동에 위치한 한 화실에서 덥수룩한 수염의 중년 남자가 붓을 들고 있었다.

너무 헤져 누더기 같은 개량 한복을 입고 있었는데 모르는 사람이 보면 노숙자로 착각할 외양이었다.

"이게 아니야."

고개를 젓는 남자의 이름은 김종현.

걸인을 연상시키는 볼품없는 외양과 다르게 그는 국내 최고의 동양화가 중 한 명이라 꼽히는 당대의 화백(畵伯)이었다.

하지만 뭇 사람들의 우러름을 받는 김종현의 얼굴은 어두웠다.

'이게 아니야. 빈껍데기야.'

그의 눈앞에는 본인이 직접 그린 산수화가 놓여 있었다.

누가 봐도 감탄할, 멋들어진 그림이건만 김종현의 마음에는 차지 않았다.

'기운생동(氣韻生動). 그림에는 마음이 담겨야 하는데… 빈껍데기야.'

아무것도 모르는 남들이 환호하면 뭐하는가?

그림이 텅 비어 있는데.

못마땅한 눈으로 자신의 그림을 바라보던 그는 돌연 화선지를 북북 찢어버렸다.

"서, 선생님?"

옆에서 작업하던 제자, 이수훈이 눈을 휘둥그레 떴다.

"잠시 나갔다 오겠다."

"어디 가시려고요?"

"산에 가서 막걸리나 마시고 오려고."

"산이요? 하지만 시간이 늦었는데……."

이수훈은 밖을 바라봤다.

그림이 안 풀릴 때마다 산에 올라 약주 한 잔 하는 것은 김종현의 습관이다.

하지만 오늘은 시간이 늦었다.

벌써 어둠이 끼고 있어 산에 도착하면 한밤중일 것이다.

그리고 검은 구름이 잔뜩 낀 게 날씨도 심상치 않아 보인다.

"위험할 수도 있을 것 같은데 내일 가는 게 낫지 않을까요? 비도 올지도 모르고."

하지만 기인의 면모를 가지고 있는 김종현 화백은 한번 마음먹은 것은 무슨 일이 있어도 해야 한다.

"뉴스에서 오늘 비 안 온다고 했어. 다녀오마."

김종현은 짧은 말만 남기고 산으로 향했다.

제자 이수훈은 혀를 찼다.

"별일 없으시겠지?"

왠진 불길한 느낌이 들었으나 말린다고 들을 김종현이 아니었다.

'그림이 많이 안 풀려서 그런가? 요즘 따라 특히 힘들어하시네.'

뭐, 저래 봬도 국내 최고 중 한 명으로 꼽히는 대화백(大畵伯)이니 말단제자인 그가 걱정할 일은 아니긴 했다.

그는 빈 화방을 주섬주섬 정리 후 퇴근했다.

*　　　*　　　*

김종현이 차를 몰고 도착한 곳은 서울 남단에 위치한 청계

산이었다.

어둠이 짙었지만 그는 손전등 하나에 의지해 휘적휘적 정상에 올랐다.

정상에서 아래를 내려다보니 검은 장막 속 보석처럼 빛나는 서울 야경이 한눈에 들어왔다.

쌀쌀한 바람과 더불어 가슴이 탁 트일 만큼 시원한 풍경.

그러나 김종현의 마음은 여전히 답답했다.

'풀리지 않아.'

화실에 있나, 산에 있나 그의 머릿속에는 항상 그림 생각뿐이었다.

'어째서 풀리지 않는 걸까?'

그는 준비해 온 막걸리를 쭈욱 들이켜며 자신의 그림에 대해 고민했다.

하지만 산에 올라도, 술을 마셔도 답답함은 점점 심해질 뿐이었다.

답답함에 비례해 술병을 비우는 속도로 빨라졌다.

'아, 취하는군.'

이제 그만 마셔야겠다는 생각을 하는 순간이었다.

뚝뚝.

하늘에서 비가 떨어졌다.

"이런. 내려가야겠군."

김종현은 비틀거리며 자리에서 일어났다.

답답함에 생각보다 많이 마셨는지 하늘이 핑 돌았다

하필 빗줄기도 점점 거세졌다.

김종현은 비틀비틀 발걸음을 옮겼다. 취기 때문인지 손전등 불빛이 흐릿했다.

"거기 아저씨! 조심하세요!"

비틀거리는 그를 보며 다른 야간 등산객이 소리쳤다.

'뭐? 조심?'

"거기 조심하라고요!"

김종현이 인상을 찌푸리는 순간이었다.

퍼석!

흙이 무너지는 소리가 울렸다.

가슴이 철렁 내려앉는 소리였다. 그리고 하늘이 크게 흔들렸다.

"……!"

김종현은 순간적으로 자신에게 일어난 일을 인지하지 못했다.

"어, 어?"

비명을 지르려는 순간, 벼랑과도 같이 깎아지른 언덕 아래로 그의 몸이 추락했다.

한참을 떨어진 후에야 그의 몸은 나무와 바위에 걸려 멈추어 설 수 있었다.

"아니! 이봐요! 이봐요! 여기 사람이 떨어졌어요!"

저 위에서 누군가 비명을 지르는 것을 느끼며 그의 의식이 스르르 꺼졌다.

그런 그의 복부에서 시뻘건 선혈이 흘러나왔다.

*　　　*　　　*

곧 구조용 헬기가 출동했다.

구조대원들은 혀를 찼다.

"아니, 어쩌다 여기서 떨어진 거야?"

"술 냄새 나는데? 술 마시고 미끄러진 것 같아."

"복부 쪽 부상이 심해. 어디로 이송하지?"

그들은 급히 응급처치를 했다.

하지만 응급처치로 해결될 부상이 아니었다.

대형 병원으로 이송해 정밀 검사 및 수술을 받아야 했다.

"강남고속터미널 근처 기독병원이 제일 가깝지 않아?"

"거기 오늘 안 돼. 터미널 앞쪽에서 다중 추돌 사고 환자들이 몰려가서 손이 없을 거야."

구조대원들은 난색을 표했다.

"그러면 그다음 가까운 곳이 어디지?"

"대일병원도 가까워. 대일병원으로 가자."

"그래, 네가 대일병원 응급실에 미리 연락 좀 해놔."

그렇게 대화백(大畫伯) 김종현을 태운 헬기가 대일병원으로 향했다.

"그런데 혼자 등산 온 건가? 보호자는 없나?"

"혼자 온 것 같아. 떨어지면서 잃어버린 것인지 지갑이랑 핸드폰도 없는데?"

"그래? 골치 아프네. 병원에서 싫어할 텐데……."

신원 미상의 환자라… 병원에서 싫어할 게 눈에 훤히 보였다.

더구나 한눈에 봐도 중환자였다.

"노숙자는 아니겠지? 생긴 게 좀……."

길게 기른 수염과 누더기 같은 옷.

평소에도 걸인 같은 인상인데 엉망으로 다친 지금은 완벽히 노숙자처럼 보였다.

"노숙자 같기도 하고… 이런 야밤에 산에서 술 먹은 것도 이상하고……."

"몰라. 노숙자든 말든 우리가 알 바는 아니지. 병원에서 알아서 처리할 거니 대일병원으로 가자."

*　　　*　　　*

진현은 당직실에서 꾸벅꾸벅 졸고 있었다.

벌써 며칠째 못 자고 있는지 모르겠다.

그 모습을 본 황문진이 딱한 표정을 지었다.

황문진도 고된 레지던트 생활을 하고 있지만 김진현에 비할 바는 아니었다.

"너 힘들어서 어떻게 하냐?"

"으… 응?"

진현이 게슴츠레한 눈으로 반문했다.

"내가 좀 바꿔줄까? 너무 고생하는 것 같은데……."

황문진이 걱정하며 물었다.

진현은 힘없는 동작으로 고개를 저었다.

"아니, 괜찮다. 위에서 정한 거니 바꿀 수도 없고……."

그렇게 답한 진현은 다시 꾸벅꾸벅 졸았다.

피곤에 푹 절은 그 모습에 황문진은 혀를 찼다.

정말 바꿔라도 주고 싶지만, 주임교수가 직접 정한 스케줄을 밑에서 임의로 바꿀 수도 없다.

"그렇게 졸지 말고 잠깐이라도 누워 자."

"곧 다시 응급실 내려가야 해."

"내가 10분 뒤에 깨워줄게. 조금만 자."

황문진의 권유에 진현은 시체처럼 침대로 들어갔다.

"그러면 10분만……."

하지만 10분이라도 자려는 그의 소망은 이루어지지 못했다. 1분도 안 돼 전화벨이 울린 것이다.

핸드폰에 찍힌 번호를 본 진현은 한숨을 내쉬었다.

응급실이다.

"네, 외과 김진현입니다."

전화를 받자 다급한 목소리가 들렸다.

—김진현 선생님? 응급실에 환자 왔는데요.

"무슨 환자입니까?"

—등반사고환자인데 많이 안 좋아서 지금 바로 응급실로 와줄 수 있으세요?

"네, 알겠습니다."

진현은 비몽사몽 한 정신으로 자리에서 일어났다.

황문진이 안 된 목소리로 말했다.

"또 환자야?"

"응."

"에휴, 어떻게 하냐. 힘내."

"그래……."

힘없이 답한 진현은 터벅터벅 응급실로 내려갔다. 기운이 하나도 없었다.

엘리베이터를 탄 그는 정신을 차리기 위해 고개를 털었다.

'정신 차리자. 아무리 피곤해도 환자 앞에서 졸 수는 없잖아.'

그는 애써 환자에 대해 생각했다.

'그런데 무슨 환자지? 많이 안 좋은가? 오늘 당직 교수님이 누구더라……'

응급실의 진료 프로토콜은 먼저 응급의학과에서 진료 후

환자에게 외과 쪽 문제가 있으면 진현한테 연락이 오는 것이다.

그리고 진현이 진료 후 수술이나 입원이 필요하다 판단이 되면 당직 교수한테 연락을 하게 되어 있다.

오늘 당직은…….

'고영찬 교수님이군.'

그는 인상을 찌푸렸다.

그를 응급실에 처박은 것을 떠나 여러모로 안 좋은 면이 많은 교수였다.

"아, 김진현 선생. 여기예요."

응급실에 도착하니, 응급의학과 의사가 그를 반겼다.

진현은 그를 따라 처치실에 들어갔다.

"……!"

짙은 피 냄새에 진현의 잠이 싹 달아났다.

"이건…….”

"등산하다 낙상한 환자예요."

"무슨 이런 날씨에 등산을…….”

어느덧 밖에는 천둥번개가 몰아치고 있었다.

등산을 해도 하필 이런 날씨에 하나?

"복부 검사를 해보니 장출혈이 심해서 수술을 해야 할 것 같아요. 머리에 뇌진탕이 있고 왼발에 미세한 골절이 있긴 한데… 다 급한 것은 아니어서.”

응급의학과 의사는 CT 촬영 결과를 보여주며 설명했다.

진현의 얼굴이 심각해졌다.

"흠……."

추락하며 뾰족한 돌에라도 찔린 것인지 소장 쪽이 찢어져 있었다.

한눈에 봐도 출혈이 심해 보였다.

"바이탈(Vital)은 괜찮습니까?"

8장

뜻하지 않은 유명세

"혈압은 95 정도로 간당간당해요. 맥박이 130으로 빠르고
요."

혈압 95, 맥박 130.

쇼크(Shock)로 진행하기 직전의 단계이다.

"혈액 수치는요?"

"빈혈 수치 9.3이에요. 정상이 13이니 굉장히 떨어졌어요.
빨리 수술하지 않으면 더 떨어질 거예요."

진현은 고개를 끄덕였다.

두말할 것 없이 응급 수술이 필요한 상황이다.

"알겠습니다. 저희 외과에서 응급 수술하도록 하겠습니다.

설명을 해야 하니 보호자 불러주십시오."

모든 수술은 하기 전에 보호자의 동의가 필요하다.

동의 없이 수술을 진행했다 무슨 법적인 문제가 생길지 모른다.

그런데 응급의학과 의사가 곤란한 표정을 지었다.

"저… 그게……."

"왜 그러십니까?"

"추락 과정 중에 잃어버린 것인지 신분증이나 핸드폰이 없어서 신원이 확인이 안 돼요. 보호자 없는 노숙자 같기도 하고……."

진현은 난감한 마음이 들었다.

그 말을 듣고 보니 정말 노숙자처럼 생기기도 했다.

삐쩍 마른 체구, 다듬지 않은 수염, 개량 한복인지 누더기 옷인지 정체불명의 복장.

"경찰에는 연락했습니까?"

"연락은 했는데, 아마 신원을 확인하는데 오래 걸릴 것 같아요."

보통 이런 경우 빨리 찾아도 하루 이틀은 걸린다.

하지만 환자의 배에서 계속 피가 나고 있는 중이라 그때까지 기다릴 수는 없다.

'이런 어쩌지?

그러나 고민할 사안은 아니었다.

신원 미상이든 노숙자든 그게 중요한 게 아니었으니까.

지금 중요한 것은 일단 살려놓고 보는 거다.

"알겠습니다. 어쩔 수 없죠. 상황이 급하니 일단 수술 먼저 진행하겠습니다."

진현은 핸드폰을 꺼냈다.

당직 교수에게 전화해 수술을 진행하려는 거다.

'병원의 시스템상 내 마음대로 결정할 수는 없으니.'

대일병원의 시스템상 수술은 진현이 하는 게 아니라 당직 교수나 전문의가 나와서 집도를 해야 한다.

'오늘 밤 당직이… 고영찬 교수님……'

진현은 고영찬 교수에게 전화를 걸었다.

하필 그때, 고영찬 교수는 늦은 밤임에도 여러 일을 논의하기 위해 이사장 이종근과 함께 있었다.

*   *   *

"요즘 고생이 많지?"

"아닙니다."

"그때 그 일은 어떻게 진행되고 있나?"

"다국적 제약회사에서 연구 제의가 들어와서……."

둘은 여러 사안에 대해서 이야기를 나눴다.

차기 외과 과장으로 유력시되는 고영찬은 이사장의 신임

하에 많은 일을 진행하고 있었다.

"자네가 수고가 많군."

"아닙니다. 전부·이사장님 덕분입니다."

대부분의 일은 순조로웠고 대화 분위기는 화기애애했다.

김진현의 이야기가 나오기 전까진 말이다.

"그런데 그 김진현 선생은 어떻게 하고 있나?"

"……."

고영찬은 꿀 먹은 벙어리가 되었다.

김진현은 응급실에 던져놨더니 사고는커녕 날아다니고 있는 중이었다.

빠져 죽으라고 물고기를 물에 던진 듯한 격이었다.

"자네가 너무 잘해주는 것 아닌가? 응?"

웃으며 하는 말이지만 고영찬은 식은땀이 흘렀다.

웃음 뒤 도사리는 한기가 그의 가슴을 서늘하게 했다.

'이사장님은 왜 이렇게 김진현에게 신경을 쓰는 거지? 아무리 뛰어나도 레지던트일 뿐인데.'

그리고 김진현처럼 재능 넘치는 의사가 있는 것은 대일병원 입장에서도, 이사장입장에서도 나쁜 일이 결코 아니었다.

그런데 왜 이렇게 못 잡아 먹어 안달인지 이해할 수가 없었다.

이유야 어쨌든 이종근의 비위를 거스르면 안 된다.

고영찬은 고개를 숙였다.

"죄송……."

그런데 그때, 그의 전화벨이 울렸다.

고영찬은 급히 전화를 끄려 했으나 이종근이 말했다.

"괜찮으니 받게."

"아닙니다."

"아니야. 받아."

고영찬은 곤란한 얼굴로 전화를 봤다.

응급실 담당 레지던트인 김진현이었다.

"왜? 빨리 말해."

—늦은 밤에 죄송합니다, 교수님. 김진현입니다. 응급실에
수술 필요한 환자가 와서 전화 드렸습니다.

"수술? 지금? 무슨 환자인데?"

전화기 너머로 진현은 환자의 상태를 설명했다.

고영찬은 인상을 찌푸렸다.

확실히 응급 수술이 필요한 상황이긴 하다.

"보호자한테 수술 설명 다했어?"

—그게…….

진현이 머뭇거리다 말했다.

—보호자가 없습니다.

"뭐, 보호자가 없어?"

—등산 중 추락한 환자인데 신분증도 핸드폰도 다 없어
서… 차림상 노숙자일 가능성도 있습니다.

그 말을 들은 고영찬은 짜증이 확 치밀어 올랐다.

이 밤에 신원 미상의 환자를 수술해야 한다고?

그것도 노숙자일지도 모르는 환자를?

"아니, 자네 지금 제정신이야? 지금 나한테 보호자 동의도 없이 수술을 하라고 전화한 건가? 노숙자일지도 모르는데?"

―…….

고영찬의 짜증에 진현은 침묵했다.

교수 입장에서 짜증이 나는 것은 이해하지만 신원 미상의 환자가 온 게 그의 잘못은 아니지 않은가?

―하지만 수술이 꼭 필요한 상황이어서…

그런데 그때, 옆에서 둘의 통화를 듣고 있던 이종근이 말했다.

"고영찬 교수."

"잠깐 있다 전화할 테니 기다려."

이종근의 부름에 고영찬은 급히 전화기를 껐다.

"네, 이사장님?"

이종근은 온화하게 웃었다.

"그냥 수술하지 말게."

"네?"

고영찬은 의아한 얼굴로 반문했다.

짜증이 나긴 했으나 짜증은 짜증이고 수술을 안 할 수 있는 상황이 아니었다.

"신원 미상의 환자라며? 노숙자일지도 모르는데, 그러면 다 병원 손해야. 보호자를 찾고 수술을 하든지 아니면 다른 병원으로 보내라고 해."

"하지만… 그러다…….”

고영찬은 주저주저 말했다.

김진현의 설명대로라면 지금 수술을 안 하면 이 환자는 죽을 수도 있다.

"뭐, 잘되든 잘못되든 우리의 훌륭한 김진현 선생이 알아서 하겠지."

고영찬은 이사장의 뜻을 눈치챘다.

혹시 환자가 잘못되면 이 일을 빌미로 김진현을 쳐내려는 것이다.

물론 이럴 경우 김진현의 잘못이 아니라 수술을 미룬 고영찬의 잘못이지만 그 정도는 조작해 덮어씌울 수 있다.

이종근은 부드러운 목소리로 말했다.

"자넨 걱정 말게. 내가 알아서 할 테니."

*   *   *

김진현은 황망한 얼굴로 고영찬과의 전화를 끊었다.

'수술을 진행하려면 보호자를 찾으라고?

그가 경찰도 아니고 이 밤에 보호자를 어떻게 찾는단 말인가?

'못 찾으면 다른 병원으로 보내든지 말든지 알아서 하라고?'

기가 찼다.

이게 무슨 꼴이란 말인가?

"김진현 선생님, 수술 준비하면 될까요?"

응급의학과 의사가 물었다.

진현은 고개를 저었다.

"죄송합니다. 외과 사정상 수술을 진행 못할 것 같습니다."

"네?! 그러면?"

응급의학과 의사는 화들짝 놀랐다.

수술을 안 하면 방법이 없는데?

진현도 똑같은 마음이었으나 어쩔 수 없었다.

병원 시스템상 수술을 진행하려면 반드시 교수의 허가를 받아야 한다.

'제길.'

진현은 욕설을 삼키며 늦은 밤에 다른 병원에 전화를 걸었다.

대일병원에서 수술을 못하면 다른 병원에라도 보내서 수술을 받게 해야 했다.

"늦은 밤에 죄송합니다. 기독병원응급실입니까?"

―네, 기독병원인데요.

"전원(Transfer)할 환자가 있는데 혹시 외과 선생님과 연락할 수 있습니까??"

—잠시 기다리세요.

김진현은 기독 병원 외과 당직 의사에게 환자 상태를 설명했으나 상대는 난색을 표했다.

—죄송합니다. 오늘 다중 추돌사고로 응급환자가 너무 많이 와서 저희도 수술을 진행할 인력이 부족합니다.

사정이 그러면 어쩔 수 없다.

진현은 입술을 깨물고 인근 수술이 가능한 병원들에 전화했다.

광혜 병원, 모교인 한국대 병원, 강북 기독 병원…….

하지만 다들 사정이 비슷했다.

—지금 응급 간이식이 있어서…….

—대동맥류 파열 수술이 있어서…….

—저희는 다들 학회 중이에요.

날씨가 짓궂어서일까?

하필 그날따라 여유 있는 병원이 한 군데도 없었다.

'이런 어떻게 하지?'

그러는 사이 시간이 덧없이 흘러갔다.

분침이 이동할 때마다 진현의 가슴도 타들어가는 듯했다.

'빨리 수술을 해야 하는데.'

지금 이러는 순간에도 배 안에서는 피가 나고 있을 것이다.

그때 응급실 간호사가 진현에게 달려왔다.

"선생님, 환자분 혈압 떨어져요!"

"……!"

급히 노숙자로 추정되는 환자에게 가보니 정말 수축기 혈압이 60으로 떨어져 있었다.

피가 없어서인지 안색도 파리했다.

진현은 급히 지시했다.

"수혈 더 해주세요. 수액도 급속 주입해 주시고요."

더 시간을 끌 때가 아니었다.

다른 병원으로 보내는 것도 위험했다.

핸드폰을 들어 다시 당직인 고영찬 교수에게 전화를 했다.

―왜?

불쾌한 목소리가 들렸다.

"교수님, 환자 상태가 너무 안 좋습니다. 지금 당장 수술을 해야 할 것 같습니다."

―보호자는?

"보호자는 아직……."

―내가 뭐라고 했어? 보호자 찾으라고 했지?

진현은 주먹을 움켜쥐었다.

전화기너머로 고영찬이 역정을 냈다.

―자넨 수술이 장난인 줄 아나? 신원 불명의 노숙자를 수술할 수는 없으니 책임지고 보호자를 구해와!

그러고 뚜우뚜우 전화가 끊겼다.

"……."

진현은 할말을 찾을 수가 없었다.

응급의학과 의사가 곤란한 얼굴로 다가왔다.

"어떻게 하죠, 김진현 선생님? 빨리 수술을 해야 할 텐데."

순간 진현은 짜증이 치솟아 올랐다.

이게 도대체 뭐하는 꼴이란 말인가?

눈앞에 환자가 있는데 이런 웃기지도 않은 이유로.

너무하는 거 아니야?

진현은 낮은 목소리로 말했다.

"수술 진행하겠습니다."

"네? 하지만……? 당직 교수님이 보호자 없이 수술하기로
결정하신 것입니까?"

"그건 아닙니다."

"그러면 누가 수술을?"

진현은 짧게 답했다.

"제가 진행하겠습니다."

"네?"

응급의학과 의사는 자신이 잘못 들었나 반문했다.

누가 수술을 진행한다고?

하지만 잘못 들은 게 아니었다.

"제가 집도하겠습니다. 수술 준비해 주십시오."

"하, 하지만……."

응급의학과 의사는 말을 더듬거렸다.

물론 그도 김진현이 굉장히 뛰어난 능력을 가지고 있단 건 알고 있다.

그래도 이건…….

하지만 김진현은 짧게 말했다.

"어차피 지금 수술 안 하면 환자를 잃습니다. 제가 전부 책임질 테니 준비해 주십시오."

솔직히 더 이야기하기 짜증났다.

눈앞에 환자가 있는데 이 무슨 한심한 상황이란 말인가?

'됐어. 그냥 내가 수술하겠어.'

물론 가장 좋은 것은 당직 교수의 확인하에 수술을 진행하는 거겠지만 어쩌겠는가?

시간이 너무 늦어 당직 교수 외에는 부탁할 전문의도 없었다.

'그렇게 어려운 수술도 아니고.'

지난 삶에서 이런 외상 환자의 수술은 숱하게 해봤다.

더구나 이 환자의 경우 간이 찢어진 것도 아니고, 비장이 파열된 것도 아니고, 대동맥이 터진 것도 아니다.

상한 소장만 손보고 나오면 된다.

그렇다고 1년 차가 진행할 수 있는 수준도 아니었지만 따질 때가 아니었다.

'이게 뭐 대단한 수술이라고. 젠장.'

일단 결정이 되니 응급에 걸맞게 수술준비는 착착 이뤄졌다.

"저, 김진현 선생님. 그런데 수술 후 입원은 누구 이름으로 합니까?"

그 말에 진현은 잠시 고민했다.

원래는 당직 교수인 고영찬 앞으로 입원장을 내야 하지만……

"그냥 제 이름으로 입원시켜 주십시오."

"네, 선생님 이름으로요?"

교수도, 전문의도, 치프도 아닌 1년 차 앞으로 입원을 시키다니?

진현도 곤란한 마음이 들었으나 어쩔 수 없는 상황이다.

고영찬 교수가 받겠는가?

"어쩔 수 없으니 그냥 그렇게 해주십시오."

*　　　*　　　*

예상대로 수술은 어렵지 않았다.

진현은 메스로 배를 열은 후 피가 흐르는 동맥을 지혈했다.

그리고 손상된 장을 절제 후 정상 장의 끝과 끝을 연결했다.

마지막으로 오염된 부분을 깨끗이 세척 후 배를 닫았다.

"바이탈(Vital) 괜찮나요?"

수술을 마무리하며 물었다.

"네, 혈압도 회복됐고 좋습니다."

진현은 안도의 한숨을 내쉰 후 배를 닫았다.

가장 중요한 부분은 치료가 끝났으니 앞으론 순조롭게 회복할 것이다.

'그래도 다행이군. 신원 미상인 게 걸리긴 하지만……'

날이 밝으면 빨리 보호자를 찾아야겠다.

이후 회복실로 환자를 퇴실시킨 후 이런저런 조치들을 취했다.

가장 급한 게 장출혈이었을 뿐, 전신에 이런저런 상처가 수북해 필요한 조치를 끝내고 나니 새벽 3시가 지나 있었다.

그제야 진현은 토막잠을 청할 수 있었다.

*   *   *

그리고 이른 아침, 이종근은 한남동 자택에서 출근하자마자 민 비서에게 김진현의 소식을 물었다.

"밤사이 응급실에 신원 미상의 환자가 왔는데 어떻게 됐는지 확인해 보세요."

민 비서는 오래 걸리지 않아 상황을 보고했다.

"출혈 환자였고, 수술을 위해 다른 병원으로 전원(Transfer)하려 했는데, 여의치 않았던 것 같습니다."

"그래서요? 그래서 환자는 어떻게 됐나요?"

이종근은 기대감을 담아 물었다.

만약 문제가 생겼으면 무슨 수를 써서라도 김진현의 책임으로 덮어씌울 생각이었다.

하지만 민 비서는 머뭇거리다 말했다.

"…김진현 선생이 직접 수술을 집도해서 현재 순조롭게 회복 중입니다."

"뭐라고요?"

이종근은 잘못 들은 듯 되물었다.

누가 뭘 했다고?

"…김진현 선생이 직접 수술을 집도했다고 합니다."

"……"

이종근은 잠시 침묵했다.

장출혈 환자라고 하지 않았나?

그걸 직접 수술했다고?

이제 1년 차 초반인 레지던트가?

물론 고난도의 수술은 아니었고, 오히려 간단한 쪽에 속하는 수술이었다.

그래도 그건 전문가의 입장에서 간단하단 거지, 1년 차가 할 수 있는 수술이란 뜻은 결단코 아니었다.

'도대체 이놈은……?'

아무리 규격 외의 괴물이라 불린다지만 이건 너무한 것 아닌가?

더구나 이런 일이 처음도 아니다.

비행기에서 총리를 구한 적도 있고, 정확한 정보는 아니지만 이전 강민철 교수가 쓰러진 간이식 수술 때 혈관을 문합한 게 김진현이란 이야기도 있다.

'어떻게 이럴 수 있는 거지?'

이종근은 지난 1년간 숱하게 물었던 질문을 떠올렸다.

의사의 실력엔 지식과 재능 외에도 중요한 요소가 있다.

바로 환자를 진료해 본 경험이다.

아무리 뛰어난 재능과 지식을 가지고 있어도 경험이 없으면 전부 죽은 재산이다.

그런데 김진현, 이놈은 경험이란 항목을 태어날 때부터 가지고 태어난 것 같다.

이 논리적으로 설명이 안 되는 의학 실력에 의문을 가지고 지난 1년간 숱하게 뒷조사를 했으나 이상한 점은 없었다.

평범하기 짝이 없는 집안에서 태어나 노력으로 의대에 왔다.

심지어 정신을 차리고 공부를 하기 전엔 꼴찌였다.

당연한 이야기지만 딱히 다른 곳에서 임상 경험을 한 흔적은 없었다.

'그런데 도대체 어떻게?'

그 불가해한 천재성에 기가 질렸으나 감탄하고 있을 때가 아니다.

이종근은 민 비서에게 다시 물었다.

"1년 차가 수술했는데 환자한테 문제는 없나요?"

"…순조롭게 회복 중입니다."

"조그마한 문제라도?"

"……."

민 비서는 눈치를 볼 뿐 대답하지 못했다.

이종근은 헛웃음이 나왔다.

일순 이런 갈등이 생겼다.

자신과 혜미의 사이만 좋았다면 데릴사위로 삼을 것도 고려해 볼 만한 뛰어난 인재였다.

'그냥 나중에 교수 자리 하나 줄까?'

이상민과의 대립만 아니면 '그의 대일병원'에 큰 도움이 될 텐데.

하지만 그는 곧 고개를 저었다.

'너무 뛰어나서 안 돼. 이상민이 너무 비교돼.'

가문의 인물들로 이루어진 이사회는 적통이 아닌 이상민을 끌어내릴 핑계만 찾고 있었다.

자신들의 사람으로 그 자리를 채우기 위해.

이러다간 차후 이상민을 위해 준비해 놓은 교수 한 자리도 김진헌에게 주라고 할 판이었다.

물론 무리를 하면 교수 자리야 하나 더 만들 수 있지만, 또 그 과정에서 이사회가 무슨 잡소리를 할지.

생각만 해도 머리가 아팠다.

'젠장. 처리할 거면 빨리 처리해야 하는데.'

벌써 이리 뛰어난데 앞으로 얼마나 더 성장할지 짐작도 안 갔다.

이종근은 굳게 마음을 먹으며 말했다.

"그러면 지금 그 신원 미상의 환자는 수술도 김진헌 선생이 했고, 입원도 김진헌 선생 앞으로 되어 있는 건가요?"

"네."

"그건 우리 대일병원 시스템에 어긋나는 것 아닌가요?"

민 비서는 답했다.

"네, 그렇긴 합니다. 지금까지 개원 이래 1년 차가 수술을 하거나 입원을 시킨 적은 한 번도 없으니까요."

물론 레지던트라고 수술을 하면 안 된다는 법은 없었다.

응급 수술은 환자의 상황과 능력에 따라 재량 것 진행하는 것이 관례였다.

하지만 이런 수술을 1년 차가 홀로 진행하는 것은 처음이었다.

별문제는 없었지만 말이다.

"이번에야 '요행히' 별문제 없었지만, 굉장히 위험할 수도 있는 상황이었군요."

이종근은 '요행히'에 힘을 주었다.

민 비서는 이종근의 뜻을 눈치챘다.

그녀는 크게 고개를 끄덕였다.

"네, 이런 독단적인 행동은 환자에게 큰 문제를 유발할 수 있다고 생각합니다."

"맞아요. 더구나 신원 미상의 환자를 마음대로 수술하다니. 이건 그냥 넘어갈 수 없는 사안이라고 봅니다."

"네, 이사장님. 상황을 검토 후 징계 여부를 결정하겠습니다."

"그래요. 민 비서가 알아서 '공정히' 조사해 주세요."

민 비서는 고개를 숙였다.

"네, 알겠습니다."

억지스러운 트집이었지만 그런 것은 상관없었다.

어쨌든 꼬투리를 잡았다는 것이 중요했다.

민 비서는 머릿속으로 징계위원회를 구성했다.

이번엔 철저히 이사장 이종근의 말에 따르는 인물들로만 위원회를 짤 생각이었다.

*   *   *

진현에게 원무과에서 연락이 왔다.

그는 답답한 마음이 들었다.

늘 그렇지만 원무과에서 의사에게 좋은 일로 전화하는 일은 거의 없다.

—여보세요? 김진현 선생님입니까?

"네, 김진현입니다."

—아, 네. 선생님. 원무과입니다.

"무슨 일입니까?"

—다름이 아니라 어제 입원한 신원 미상의 환자 때문에 연락드렸습니다. 그 노숙자로 추정되는…

진현은 인상을 찌푸렸다.

역시였다.

'뭐, 입장이 이해 안 가는 것은 아니지만……. 조금만 더 기다려 보지.'

원무과에서 걱정스레 물었다.

—아직 보호자는 못 찾으신 거죠?

"경찰이 조사 중이니 연락을 기다리고 있습니다."

아직 이른 아침이라 특별한 연락은 없었다.

—비용 처리에 문제가 있지는 않겠지요?

"순조롭게 회복 중이라서 조만간 의식을 차릴 테니 너무 걱정하지 마세요. 의식을 차리면 보호자와 연락이 될 겁니다."

—노숙자란 이야기가 있던데…….

그건 진현도 조금 걱정이 되었다.

멀쩡한 행색은 아니긴 했다.

뭐, 그래도 돈이 없다고 치료를 안 할 수는 없지 않은가?

사람이 우선이니까.

"아직 확실한 것은 아닙니다. 일단 기다려 보십시오."

그런데 원무과에서 말했다.

—만약 비용 처리에 문제가 생기면 선생님도 문책을 받을 수 있습니다.

그 말에 진현은 어이가 없었다.

단지 환자를 치료했을 뿐인데 무슨 문책이란 말인가?

확 짜증이 나 쏘아붙였다.

"알겠습니다. 만약 정말로 문제가 생기면 제가 책임지겠습니다. 그러면 됐죠?"

그리고 그는 전화를 끊었다.

그런데 그들의 걱정이 무색한 일이 생겼다.

신원 미상의 환자가 생각보다 빨리 의식을 회복한 것이다.

*   *   *

신원 미상의 환자는 천천히 눈을 떴다.

"여… 여긴?"

간호복을 입은 간호사가 시야에 들어왔다.

간호사는 그가 눈을 뜨자 놀란 표정을 지었다.

"아, 환자분? 괜찮으세요? 여기가 어딘지 아시겠어요?"

"아… 네. 병원입니까?"

전신이 몽둥이찜질을 당한 듯 아팠지만 그는 간신히 고개를 끄덕였다.

간호사는 급히 누군가에게 전화를 걸었다.

"김진현 선생님? 환자분 깨셨어요."

─아, 네. 지금 가보겠습니다.

곧 병실로 하얀 가운을 입은 남자 의사가 들어왔다.

젊다 못해 앳된 얼굴이었지만 눈빛이 깊은 느낌이었다.

"괜찮으십니까, 환자분?"

"아… 네. 여긴 병원인가요?"

"네, 대일병원입니다. 통증은 괜찮으십니까?"

그 질문에 그는 인상을 찌푸렸다.

농담 않고 온 전신이 찢어지듯 아팠다.

"아프군요."

"진통제를 좀 더 드리겠습니다. 그래도 그만하긴 다행입니다. 어제 일이 기억은 나십니까?"

그의 머리에 간밤의 일이 떠올랐다.

야밤에 산속에서 술을 마시고 걷다 미끄러져 살아 있는 게 다행일 정도로 아찔한 순간이었다.

"그래도 장출혈 외엔 큰 부상이 없었고, 장출혈도 수술이 잘 끝났습니다. 좀 더 쉬시면 전부 나을 것입니다."

"수술은 어느 선생님께서 해주신 것입니까?"

그는 어느 감사한 의사가 자신의 생명을 구해준 것인지 물었다.

"제가 했습니다."

그는 놀랐다.

'굉장히 어려 보이는데? 수술을 집도했다고?'

의아했으나 진현의 깊은 눈을 보자 왠지 이해가 되었다.

묘하게 연륜이 느껴지는 의사였다.

나이와 동안의 외모를 떠나서 말이다.

"감사합니다. 그러면 선생님께서 저를 구해주셨군요."

"아닙니다. 신경 쓰지 마십시오. 이만하길 정말 다행입니다. 그런데……."

"네?"

진현은 조심스레 물었다.

"혹시 연락할 만한 보호자는 없습니까?"

"보호자라면?"

"부인이나 자식, 형제… 아니면 친척이라도. 혼자 오셔서……."

하지만 환자는 고개를 저었다.

"가족이나 친척은 없습니다."

"아… 그렇군요."

"대신 가까운 사람이 한 명 있으니 그 친구한테 연락하겠습니다."

진현은 고개를 끄덕였다.

"네, 그런데 환자분 성함은 어떻게 되십니까?"

그러고 보니 환자의 이름도 모르고 대화하고 있었다.

"김종현, 김종현입니다."

김종현.

국내 최고의 동양화가 중 한 명인 대화백(大畵伯) 김종현은 답했다.

*   *   *

신원 미상 환자의 신분은 곧 밝혀졌다.

민 비서가 실장으로 있는 창조기획실에 한 통의 전화가 왔던 것이다.

"저, 실장님. VIP 환자 때문에 전화가 왔는데요."

김진현을 어떻게 징계할 것인지 한창 고민하던 민 비서는 의아한 얼굴로 전화를 받았다.

"네, 창조기획실 실장 민소영입니다."

─한국대학교 동양학과 학장실입니다. 대일병원에 입원하신 김종현 화백 때문에 전화했습니다."

"네?"

창조기획실의 업무는 크게 두 가지다.

이사장 이종근의 개인적인 업무를 처리하는 것과 대일병원을 방문하는 VIP를 모시는 것.

'김종현이면 국내 최고로 꼽히는 대화백이잖아. 그런데 우리 병원에 입원했다고? 들은 적 없는데?'

김종현 대화백 정도의 명망 높은 인사가 입원하면 창조기획실에 연락이 온다.

그들이 불편하지 않게 챙기는 게 창조기획실의 중요한 업무니까.

뭔가 저쪽에서 착각을 하는 것 같다.

그녀는 공손히 물었다.

"죄송한데 김종현 화백께서 저희 병원에 입원하신 게 맞나요? 저희는 따로 연락 받은 게 없는데……."

—그런가요? 이상하다. 분명 대일병원으로 입원했다고 하는데… 한번 확인해 줄 수 없으신가요?

민 비서는 고개를 갸웃했다.

이상하다?

그녀는 전화를 끊지 않고, 병원 인트라넷에 접속해 검색어를 입력했다.

김종현… 김종현… 마우스 커서가 모래시계로 바뀌며 전산을 뒤졌다.

그리고 어느 순간, 검색 결과가 나왔다.

수많은 대일병원의 입원환자 중 김종현이란 이름을 가진 사람이 딱 한 명 있었다.

그런데…….

"……!"

마우스를 쥔 민 비서의 손에 힘이 들어갔다.

서, 설마… 아니겠지?

그때 전화기 건너편에서 소리가 울렸다.

―어제 등산하다 낙상해서 입원했다 하던데 아닌가요? 장출혈로 수술도 하셨다던데…….

전산에는 이렇게 쓰여져 있었다.

[환자 : 김종현. 책임담당의사 : 김진현.]

신원 미상 환자의 정체가 대화백 김종현이었다고?

민 비서의 눈앞이 캄캄해졌다.

       *   *   *

그 시각, 응급실에서 환자를 보던 진현은 갑작스레 들이닥친 기자들에게 끌려 나와 인터뷰를 하고 있었다.

"김종현 화백의 상태는 어떻습니까?"

진현은 인상을 찌푸렸다.

화백(畵伯)이면 화가를 높여 부르는 말이다.

'행색이 추레하더라니… 화가였구나. 그래도 노숙자가 아니어서 다행이네.'

그렇지 않아도 진현은 입원비를 어떻게 해야 하나 고민하고 있던 중이었다.

'그런데 유명한 사람인가? 웬 인터뷰야?'

교양과 시사에 까막눈인 진현은 김종현이란 이름을 전혀 모르고 있었다.

'환자 보느라 바쁜데.'

진현은 응급실에서 기다리고 있는 환자 때문에 빠르게 답했다.

"낙상으로 장출혈이 심했는데, 현재 순조롭게 회복 중입니다."

"장출혈 외에 큰 부상은 없었나요?"

"뇌진탕과 발목의 골절이 있으나 다행히 큰 부상은 아닙니다."

그 밖의 여러 질문이 이어졌고 진현은 답해도 되는 선 안에서 대답했다.

환자 본인이 허락한 인터뷰여서 어느 정도의 정보 공개는 상관없었다.

"네, 인터뷰 감사합니다."

"그러면 저는 응급실의 다른 환자 때문에 먼저 실례하겠습니다."

진현은 급히 사라졌다.

인터뷰하던 두 명의 기자는 의아한 표정으로 서로를 바라봤다.

"그런데 뭔가 이상하네요, 선배."

"그렇지?"

"명찰 보니… 저 선생님 레지던트 아닌가요? 교수 아니죠?"

"교수 아니야. 확인해 보니 1년 차래."

"김종현이면 작품성과 대중성 모두 국내최고로 꼽히는 대화백인데. 고작 레지던트 1년 차가 전담해 치료하다니."

기자들은 의문을 품었다.

대일병원은 광혜병원과 더불어 VIP를 착실히 챙기는 병원으로 유명했다.

창조기획실이라는 VIP를 챙기는 부서가 따로 있을 정도니.

물론 김종현이 힘있는 권력자나 기업가는 아니다.

그러나 사회에서 이름 높은 명사로 충분히 대우를 받을 자격이 있었다.

"이상하네요. 무슨 생각이지?"

"그러게."

그들은 이사장의 추악한 음모는 상상도 못했다.

하지만 이사장 이종근도 상상 못한 것은 마찬가지였다.

설마 신원 미상의 환자의 정체가 대화백 김종헌이었을 줄이야.

"그런데 저 레지던트 선생님 왠지 낯이 있네. 어디서 봤지?"

고민하던 후배 기자가 어느 순간 손뼉을 쳤다.

"아!"

"왜?"

"김창영 총리요."

"뭐?"

"저 선생이 그 의사잖아요. 비행기 안에서 김창영 총리를 수술한 천재 외과의사 김진헌!"

"아! 그렇네?"

선배 기자도 떠올렸다.

한때 떠들썩한 이야기였다.

"그러면 일부러 저 젊은 의사한테 김종헌 화백을 맡긴 건가?"

"그럴 수도 있겠네요. 총리도 치료했던 유망한 의사니."

그들은 멋대로 추측했다.

선배 기자가 눈을 빛냈다.

"가만 봐라? 이거 제법 스토리가 나오는데?"

"뭐가요?"

"작품의 영감을 위해 산에 갔다 낙상한 대화백. 그리고 그

대화백을 치료한 젊은 천재의사. 뭔가 드라마 같지 않냐?"

후배 기자가 크게 고개를 끄덕였다.

"그렇네요. 네티즌들도 좋아하겠네요."

"그래, 사실 단순히 김종현 화백이 다쳤단 이야기에 누가 관심 있겠어? 이 정도 스토리는 있어야 관심을 가지지."

그들은 머릿속에서 기사를 구상했다.

당연히 그 기사의 주인공은 두 명이었다.

대화백과 대화백을 치료한 천재 외과의사.

물론 진현이 바라던 바는 아니었다.

*   *   *

〈중태에 빠진 대화백(大畵伯)을 구한 천재 외과의사 김진현.〉

다음 날 이런 제목의 기사가 인터넷에 올라왔다.

기사에는 대화백이 작품의 영감을 위해 야밤의 산을 배회하다 추락사고가 났고 극적으로 그를 구한 김진현의 이야기가 소설처럼 적혀 있었다.

기사의 흥행을 위해 김진현이 이전에 비행기에서 총리를 구한 하늘의 외과의사란 사실도 깨알같이 적어놓았다.

"……."

그 기사를 마주한 이사장실의 분위기는 뭐랄까… 전투에

진 패잔병 같다고 해야 할까?

"이게 도대체……."

이종근은 헛웃음을 터뜨렸다.

너무 어이가 없어 말도 나오지 않았다.

"왜 이놈은 항상……."

엎어질 때마다 코가 깨지는 것도 아니고.

이 정도면 황당할 지경이다.

김진현 이놈은 하늘이 지켜준단 말인가?

한편 고영찬의 얼굴은 하얗게 질려 있었다.

이종근의 지시였지만 그는 당직 의사로서 김종현 화백을 방치했었다.

의문을 가지고 파고들면 엄청난 후폭풍이 생길 문제였다.

그나마 김진현이 살려서 망정이지 잘못됐으면 의사 가운을 벗어야 할 수도 있었다.

"괘, 괜찮을까요?"

"뭘?"

"고작 1년 차가 수술을 하게 놔뒀으니……."

이종근은 인상을 찌푸렸다.

명백한 그들의 잘못이었다.

그것도 추악한.

"이대로 놔두면 안 되겠지."

"그러면?"

"늦었지만 담당의사를 김진현 그놈한테서 다른 교수로 바꿔야 하지 않겠나? 퇴원할 때까지 김진현 혼자만 보게 할 수는 없으니까. 이제 자네가 진료하게."

고영찬은 고개를 끄덕였다.

다 회복된 지금에 와서 담당의사를 바꾸는 것도 참 추레한 일이지만 어쩔 수 없었다.

* * *

한편 김진현도 응급실에서 그 인터넷 기사를 봤다.

환자가 이야기해 준 거다.

"선생님이 그 김진현 선생님이세요?"

"네, 어떻게 아셨습니까?"

"여기 기사가……."

그리고 기사를 읽은 김진현은 아연한 마음이 들었다.

'이, 이게 뭐야……?!'

그의 마음에 든 생각은 또? 였다.

간만에 친 대형사고였다.

'왜 맨날 이런 꼴이야.'

물론 남들에게 인정받는 것이 싫은 것은 아니었다.

이제 그의 마음속 목표는 돈 잘 벌고, 잘나가는 외과의사였으니까.

하지만 이건 너무 심하잖아!

상식적인 선 안에서 인정받고 싶다고!

그러던 중, 고영찬 교수에게서 전화가 왔다.

―잠깐 볼 수 있나?

진현은 지난밤이 떠올라 불쾌한 마음이 들었으나 티를 낼 수는 없는 노릇.

진현은 고개를 끄덕였다.

"네, 지금 가겠습니다."

연구실에 도착하자 고영찬이 말했다. 평소답지 않게 머뭇거리는 목소리다.

"자네에게 하나 양해할게 있어서 그러네."

"무엇입니까?"

"김종현 화백의 진료는 앞으로 내가 담당해도 되겠나? 자네도 1년 차 입장에서 VIP 환자를 보는 게 부담스럽지?"

진현은 고영찬의 속마음이 훤히 보였다.

권력욕이 있는 의사 입장에선 VIP 환자를 하나라도 더 많이 진료하는 게 좋다.

그게 차후 다 힘이 되고, 명예가 되기 때문이다.

뭔가 한심한 마음이 들었으나 고개를 끄덕였다.

그렇지 않아도 바쁜데 데려가 주면 진현 입장에선 고맙긴 하다.

"네, 알겠습니다."

"그래, 김종현 화백에겐 내가 직접 말하겠네."

고영찬은 환히 웃으며 말했다.

그런데 변수가 생겼다.

김종현이 고영찬의 진료를 거부한 것이다.

"그냥 김진현 선생의 진료를 받겠습니다."

"네? 하지만… 김진현 선생은… 이제 고작 1년 차로……."

그러나 김종현은 고개를 저었다.

"1년 차여도 실력이 부족해 보이진 않더군요. 무엇보다……."

그는 고영찬의 뱀 같은 눈을 빤히 바라봤다.

"짧은 시간이지만, 김진현 선생은 참 환자를 생각하는 의사더군요. 몇몇 다른 의사와 다르게요. 그렇지 않습니까?"

며칠간 김종현은 김진현이 진료하는 모습을 지켜봤다.

나이와 실력을 떠나서 이 어린 의사한테는 '마음'이 있었다.

환자를 생각하는 마음이.

고영찬의 얼굴이 붉어졌다.

물론 김종현이 그날 밤의 추악한 수작을 알고 하는 이야기는 아닐 거다.

그러나 지은 죄 때문인지 부끄러운 마음이 들었다.

"신경 써주셔서 감사하지만, 저는 김진현 선생님한테 계속 진료를 받을 것입니다."

"……."

"볼일이 없으면 그만 가보십시오. 마침 그림을 그리려던 중이어서……."

"…알겠습니다."

고영찬은 더 말 붙이지 못하고 병실에서 나갔다.

*　　*　　*

시간이 지나자 기사의 후폭풍 불어닥치기 시작했다.

응급실에 방문한 환자들이 김진현의 진료를 요청한 것이다.

"여기 응급실에 김진현이란 용한 젊은 선생님이 계시다던데……."

"저도 김진현 선생님 진료받게 해주세요."

진현 입장에선 미치고 팔짝 뛸 일이었다.

그렇지 않아도 바쁜데!

특히 김종현 화백의 갤러리가 청담동, 즉, 근처에 위치한 것이 직격타였다.

인근에 사는 사람들이 천재 의사 김진현의 진료를 받으려고 몰려든 것이다.

'다른 병원 가라고!'

원래도 바빴던 진현은 몸이 세 개라도 모자랄 지경이 되었다.

그렇게 지옥 같은 나날이 시작되고 일주일 정도 뒤, 김종현 화백이 퇴원할 때가 되었다.

김종현은 여전히 노숙자를 연상시키는 행색으로 인사를 했다.

원래 기인 같은 성격의 그이지만 자신을 치료한 김진현에 겐 항상 얌전했다.

"정말 감사했습니다. 선생님 덕분에 좋아져서 퇴원합니다."

"…네, 다행입니다."

그렇게 답하면서도 김진현은 속으로 한숨을 삼켰다.

지금 죽을 것처럼 환자 복이 터진 것은 모두 이 김종현 화백 때문이었다.

난 왜 이렇게 재수가 없을까?

'청계산은 기독 병원이 더 가까운데. 왜 하필 우리 병원으로 와서.'

그렇다고 김종현을 탓할 수도 없는 노릇이고… 하늘이 원망스러웠지만 이미 벌어진 일이었다.

진현과 인사를 한 후, 김종현은 제자 이수훈의 부축을 받고 퇴원했다.

발목 골절로 한 팔에는 목발을 짚고 있었다.

"선생님, 정말 이제 괜찮으세요?"

"응, 많이 좋아졌다."

"그림도 그리시던데."

"그래, 약간의 깨달음이 있었어."

제자 이수훈의 눈이 커졌다.

그렇지 않아도 국내 최고로 꼽히는 김종현이다.

그런데 깨달음이라니?

"역시 죽을 위기를 극복하니! 이게 무협소설에서 말하는 절벽 기연이군요. 나도 그러면 절벽에서……!"

그 말에 김종현은 불편한 몸으로 이수훈의 꿀밤을 먹였다.

"아야, 왜 때려요?"

"그런 게 아니야. 그냥 병원에서 일하는 사람들 보니 느껴지는 게 있어서… 그리고 보니 선물로 준다는 걸 까먹었군. 네가 병동에 좀 가져다 줘라."

그러면서 김종현은 한 폭의 화첩을 건네었다.

입원해 있는 동안 틈틈이 그린 그림이다.

"그냥 병원에 주시려고요?"

"왜?"

"아니, 그냥……."

제자 이수훈은 말끝을 흐렸다.

김종현 입장에서야 그저 본인이 그린 그림에 불과할 테지만 그의 그림은 부르는 게 가격이라 그 금전적 가치는 상상을 초월한다.

'이것도 최소 1억은 넘을 텐데… 아깝다.'

하지만 빼돌릴 수도 없는 노릇이라 그는 병동에 고이 그림을 전달했다.

"이게 뭐예요?"

병동의 간호사가 그림을 받았다.

"입원 기간 동안 고마웠다고 저희 선생님이 병원에 전하는 선물입니다."

"어머, 감사해요."

김종현의 이름값을 알고 있는 간호사는 눈을 동그랗게 뜨며 감사를 표했다.

"특히 김진현 선생님께 감사했다고, 말씀 전해달라고 하더군요."

"네, 그럴게요."

병동 간호사들은 함께 그림을 펼쳐보았다.

그리고…….

"……!"

그들은 놀람에 입을 가렸다.

인물화였다.

한 앳된 얼굴의 젊은 남자 의사가 마음을 담아 환자를 진료하고 있었다.

형의 표현에 그치지 않고 정신까지 담아야 한다는 인물화의 궁극적 목표, 전신사조(傳神寫照).

김종현의 인물화는 그 전신사조를 극명히 담아 얼핏 봐도 의사가 환자를 생각하는 마음이 절절이 느껴졌다.

그런데 문제는…….

한 간호사가 떠듬떠듬 물었다.

"이거 우리 김진현 선생님 맞지?"

"확실하지는 않지만… 그런 것 같은데요……."

초상화처럼 완전 똑같진 않지만 김진현을 아는 사람이 보면 충분히 그를 연상할 그림이었다.

"이 그림 어쩌죠?"

"김진현 선생님 줘야 하나?"

"그런데 이거 김진현 선생님인지도 확실하지 않은데… 그리고 김진현 선생님한테 개인적으로 준 선물은 아니잖아. 우리 병동에 준 것이니……."

"그렇다고 우리 병동에 걸어두기에는 너무 대가의 명작 아닌가요?"

원래 환자의 기분 전환을 위해 병동마다 아마추어들의 그림을 걸어놓는 경우가 많다.

하지만 이 그림은 그럴 수준이 아니다.

병동을 담당하는 수간호사가 말했다.

"이런 명작은 우리만 볼 게 아니라 많은 사람이 공유해야지. 우리 병동 말고 사람들 많이 지나다니는 데 걸자."

"그러면?"

"병원 행정과에 이야기해 1층 로비에 거는 게 어때? 거기가 사람들 제일 많이 다니니."

좋은 의견이었다.

이 정도 명작은 로비에 걸어 많은 사람이 공유해야 했다.

병원 전체적으로도 좋은 일이다.

"김진현 선생님도 좋아하겠지?"

"당연히 그렇지 않을까요? 나라면 엄청 자랑스러울 것 같아요."

간호사들은 신 나서 이야기했다.

그렇게 진현을 모티브로 그린 듯한 김종현의 인물화는 수많은 사람이 지나가는 로비에 걸렸다.

그리고 환자 및 병원의 직원들은 김종현의 그림을 보고 감탄을 토하며 서로 말했다.

"이야. 역시 대화백은 다르긴 다르구나. 인물이 살아 있는 것 같네. 저런 의사를 만났으면."

"그러게요. 그런데 김종현 화백이 자신을 진료했던 의사를 모티브로 저 그림을 그렸다는 이야기가 있던데……."

"그게 정말이야? 누구지?"

"외과의 김진현 선생님이라고 하던데?"

"김진현?"

"그… 있잖아. 인턴 때부터 괴물이라 불리던."

"아, 그 천재!"

병원의 모든 사람이 그림을 보며 김진현의 이야기를 하였
다.

그뿐이 아니었다.

늘 하릴없이 빈둥거리던 홍보팀이 오랜만에 찾은 일거리
에 다시 한 번 움직였다.

병원 홈페이지 메인에 대문짝만 하게 진현의 인물화를 찍
어 올렸고 덕분에 대일병원과 연관된 모든 사람이 그 인물화
를 보게 되었다.

김진현.

레지던트에 불과한 그 이름이 대일병원 모두의 머리에 다
시 한 번 깊숙이 각인되었다.

9장

인스턴트 도시락

그렇게 대일병원의 외과 파트 응급실은 평온하고 행복했
다.

　단 한 명, 진료를 담당하는 김진현만 빼고.

　'죽겠다……'

　김종현인지 뭐시긴지, 그 화가를 치료한 이후로 환자가 부
쩍 늘어났다.

　이전에도 힘들었지만 이제는 몸이 부서질 것 같았다.

　'나한테 무슨 원수를 져서… 조금만 쉬자… 제발……'

　물론 힘든 것은 김진현 혼자뿐으로 나머지 사람들은 모두
행복했다.

"김진현 선생 덕분에 외과 쪽 문제가 있는 사람은 걱정이 없어."

"그러게. 계속 응급실에 있었으면 좋겠어."

진현이 들으면 복창이 터질 이야기들이다.

그러던 어느 날, 간이식 파트의 주니어 교수 유영수가 응급실에 왔다가 진현을 보고 깜짝 놀랐다.

"…안녕하십니까."

"아니, 김진현 선생? 여기서 무슨?"

다들 김진현의 이야기로 떠들썩했지만, 유영수는 소문을 전혀 못 듣고 있었다.

강민철이 미국에 교환교수로 떠난 후, 그의 몫까지 처리하느라 수술장에서 살다시피 한 탓이다.

세상과 격리된 채 수술만 하던 유영수는 김진현이 응급실에서 고생하고 있는지도 모르고 있었다.

그런데 응급실에서 일하는 김진현의 몰골이 보통이 아니었다.

반의 반쪽이 된 김진현의 얼굴에 유영수가 물었다.

"자네 괜찮은가?"

"……."

진현은 침묵했다.

당연히 괜찮지 않다.

"그런데 왜 자네가 응급실에 있는 건가?"

원래 대일병원 외과는 1년 차 초반에 응급실을 담당하지 않는다.

　"2년 차 선생님들 업무가 과중하다 해서……."

　"아니, 그래도 그렇지. 얼마나 응급실에 있었던 건가?"

　"이제 2달째입니다."

　"2달? 그러면 다음 달은?"

　"다음 달도 응급실입니다."

　유영수는 인상을 찌푸렸다.

　물론 2─3달 연속으로 응급실을 전담하는 게 없었던 사례는 아니지만, 이제 막 외과에 걸음마를 시작한 애한테 너무한 것 아닌가?

　'강민철 교수님이 잘 챙기라고 당부했었는데.'

　유영수는 자신이 너무 무심했다고 생각했다.

　바빠도 좀 신경을 썼으면 이런 사단은 일어나지 않았을 텐데.

　"안 되겠네. 자네가 죽겠어."

　"……."

　"내가 주임교수님께 이야기하겠네. 응급실에서 빼달라고."

　"정말입니까?"

　진현의 졸린 눈이 번쩍 뜨였다.

　유영수는 고개를 끄덕였다.

"그래, 내가 잘 이야기해 주겠네. 싫나?"

진현은 그답지 않게 빠른 목소리로 답했다.

"감사합니다!"

*   *   *

드디어 레지던트 생활을 시작한 지도 100일이 지났다.

그 말은 지옥의 100일 연속 당직이 끝났단 뜻이었다.

이제 근무처에 따라서 짧으면 2—3일에 한 번, 길면 1—2주에 한 번씩 '오프'를 나갈 수 있었다.

물론 오프라고 하루 종일 쉬는 게 아니다.

보통 저녁 8—9시 넘어서 퇴근해 새벽에 돌아오는 것을 오프라고 한다.

그래도 잠깐이라도 병원 밖에 나갈 수 있는 게 어딘가?

"아아. 진짜 힘들었다. 오늘은 꼭 나가서 술을 마실 거야."

혜미와 같이 내과를 전공한 김수연은 내과 당직실에서 녹초가 된 얼굴로 중얼거렸다.

혜미가 의아한 목소리로 물었다.

"남자친구 안 만나?"

"100일 당직 서면서 깨졌어."

"아… 괜찮아?"

김수연은 대수롭지 않게 답했다.

"괜찮아. 어차피 이런 걸로 깨질 거면 지금 깨지는 게 나아. 그리고 나만 깨졌나? 새로 생긴 솔로 동지들이랑 술이나 먹어야겠다."

그녀 말고도 100일 당직을 서면서 솔로로 돌아온 이가 많았다.

"너는 어때? 김진현 그 나쁜 놈이랑 진전이 좀 있어?"

혜미는 고개를 저었다.

남 걱정할 때가 아니었다.

그녀도 솔로, 그것도 모태솔로였으니까.

이게 다 김진현 때문이다.

"우리 그런 사이 아니야."

"그래?"

"진현이는 나 말고 다른 사람 좋아해."

"그 이연희인가 하는 여우 간호사?"

"…응."

"에휴. 남자란 것들은. 그런 불여시가 뭐가 좋다고. 그런데 김진현, 걔는 이연희랑 사귀는 거야?"

"글쎄… 그건 잘 모르겠어."

마지막에 만났을 때까지는 아니었는데…….

'지금쯤 사귀고 있을까?'

그럴지도 모르겠다.

김진현은 외과 전공이었고, 이연희는 외과 병동의 간호사
니까.

일하며 수도 없이 마주치겠지.

서로 마음이 있으니 지금쯤 사귀고 있을 확률이 높다고 그
녀는 생각했다.

그런 생각을 하니 참 가슴이 아팠다.

그때 김수연이 의문을 표했다.

"근데 김진현이 이연희를 좋아하는 게 맞긴 맞아?"

"뭐?"

"이연희가 김진현을 좋아하는 것은 확실한데… 김진현이
이연희를 좋아하는지는 잘 모르겠단 말이야."

"맞을 거야."

"아니야. 이 언니가 여대 여우들 사이에서 자라서 감이 좋
잖니? 난 김진현이 널 좋아하는 것 같은데?"

"……!"

그 말에 이혜미의 얼굴이 시뻘겋게 달아오르며 심장이 두
근거렸다.

진현이 날 좋아한다고?

문득 이전에 진현이 자신의 머리를 쓰다듬던 게 떠올랐다.

정말로 설마?

하지만 혜미는 애써 고개를 저었다.

아닐 거다. 괜한 자신의 기대일 뿐일 것이다.

"그런 이야기하지 마. 진현인 나 안 좋아해."

하지만 김수연은 입술을 삐죽 내밀며 물러서지 않았다.

"너무 그렇게 생각하지 마. 그리고 너 이렇게 가슴만 졸이고 있을 거야? 나 같으면 고백이라도 해보겠다."

"나 그, 그런 것 못해."

진현에게 고백이라니. 못 한다.

김수연은 답답한 표정을 지었다.

제일 큰 문제는 천하의 나쁜 놈 김진현이지만, 그녀가 보기에 혜미도 답답하긴 마찬가지다.

"너 그나마 친구 사이도 멀어질까 봐 그러는 것은 아는데… 어차피 걔가 다른 여자랑 사귀어도 멀어져. 차라리 그럴 바엔 고백이라도 하는 게 낫지 않아? 그리고 혹시 알아? 너랑 김진현이랑 둘이 사귀게 될지."

"……."

진현이랑 사귄다고?

혜미의 얼굴이 붉어지다 못해 귀 끝까지 붉어졌다.

"그리고 내가 생각하기엔 진현이 너한테 마음이 아예 없지는 않아. 이 언니의 감은 꽤 정확한 편이니 믿어봐."

"……."

"답답하게 그러지 말고 고백해 보라니까."

혜미는 대답하지 못했다.

         *   *   *

그때 간이식 파트의 주니어 교수 유영수는 연구실에서 주임교수인 고영찬을 만나고 있었다.

"김진현 선생의 응급실 근무는 너무 과중합니다. 조정이 필요하다 생각합니다."

"그게. 유 교수… 다 알고 있네. 내가 알아서 하겠네."

고영찬은 고개를 저었으나 유영수는 물러서지 않았다.

"그리고 김진현 선생의 다음 달 스케줄을 보니 또 응급실 근무이던데… 세 달 연속 응급실 근무는 전례에 없는 일입니다. 조정을 해주십시오."

고영찬은 곤란한 마음이 들었다.

현재 김진현의 응급실 근무는 부당한 면이 많았다.

그도 다 알고 있는 사실이다.

"물론 김진현 선생의 능력이 뛰어나긴 하지만, 이러다 과중한 업무로 사고가 날 확률이 높습니다."

"그건 알아. 내가 알아서 한다니까."

"대체인력이 아예 없다면 모를까… 다른 2년 차의 투입이 가능한데 왜 김진현 선생을 응급실에 삼 개월이나 연속으로 근무시키려는 것입니까?"

유영수의 말은 모두 옳았다.

애초에 부당한 배치이니 고영찬은 논리적으로 할 말이 없었다.

'곤란하군.'

고영찬은 표정을 굳혔다.

"유 교수."

"네?"

"주임교수인 내가 알아서 한다니까. 자네는 쓸데없는 일에 신경 쓰지 말게."

"그럴 수는 없습니다. 전 강민철 교수님께 김진현 선생을 잘 돌보란 부탁을 받았습니다."

고영찬은 결국 한숨을 내쉬었다.

"하아. 난 뭐 이렇게 하고 싶어서 그러는 줄 아나? 다 내가 알아서 할 테니 돌아가게."

유영수는 속으로 인상을 찌푸렸다.

이게 무슨 말인가?

"그게 무슨 말입니까?"

"더 알려고 하지 말고 그냥 돌아가라니까. 괜히 이렇게 나서다가 자네가 다칠 수도 있어."

경고였다.

그러나 유영수도 강민철만큼은 아니어도 강직한 인물이었다.

'뭔가 있어.'

썩은 냄새가 강하게 느껴졌다.

유영수는 강한 눈빛으로 말했다.

"도대체 어째서입니까? 말씀해 주기 전까진 돌아가지 않겠습니다."

고영찬은 역정을 냈다.

"유 교수! 주임교수인 내가 말하잖아. 알아서 한다고! 빨리 돌아가!"

"그럴 수는 없습니다."

"이러다 자네도 크게 다칠 수 있어!"

"……!"

유영수의 표정이 굳어졌다.

도대체 김진현을 놓고 누가, 무슨 일을 벌이고 있는 건가?

"교수님, 레지던트, 즉, 전공의(專攻醫)들은 저희의 제자 아닙니까? 그것도 그냥 제자가 아니라, 저희를 대신해서 대학병원을 지탱하고 있는 감사한 제자들입니다."

"뭐?"

레지던트들을 하찮은 소모품으로만 생각하는 고영찬을 찔리게 하는 말이었다.

"말씀해 주십시오. 도대체 무슨 일이 일어나고 있는 것입니까?"

유영수의 눈에 서린 각오를 마주한 고영찬은 그가 절대로 그냥 물러가지 않음을 깨달았다.

'젠장, 강민철도 그렇고. 이놈도……'

수장(首將) 강민철 때문인지 간 파트에는 강직한 교수가 많았다.

"자네. 정말 다칠지도 몰라. 그래도 괜찮나?"

"…말씀해 주십시오."

"알겠어. 대신 약속하게. 누구에게도 이야기하지 않겠다고. 만약 함부로 입을 놀리면 힘들게 오른 교수 자리를 내려놓아야 할 수도 있어."

"알겠습니다. 말씀해 주십시오.

고영찬은 고개를 돌려 주변에 혹시 듣는 사람이 없는지 확인 후 내키지 않은 목소리로 말했다.

"사실은……."

*　　　*　　　*

그날 저녁, 혜미는 레지던트가 된 후 첫 퇴근을 했다.

100일 만에 퇴근이다 보니 옷이 계절에 전혀 맞지 않았다.

'코트를 입고 출근했는데, 이젠 반팔을 입고 있는 사람도 보이네.'

이른 더위 때문인지 반팔을 입고 있는 사람도 종종 보였다.

'뭐하지?'

삼 개월 만에 병원 밖에 나오긴 했는데, 딱히 할 일이 없었다.

그냥 김수연이랑 술이나 먹으러 갈 걸 그랬나?

'진현이는……?'

문득 김진현이 떠올랐으나 고개를 저었다.

100일 당직이 끝났으나 응급실 근무인 그는 퇴근은커녕 잠 잘 시간도 없었다.

'더 말랐던데… 밥은 잘 먹나…….'

바보같이 걱정이 되었다.

오늘도 제대로 밥 못 먹었겠지?

'도시락이나 싸다 줄까?'

그런 생각을 하고 그녀는 화들짝 고개를 저었다.

'무슨 도시락이야, 이혜미. 이상하게 생각할 거야. 분명히.'

그러나 진현의 마른 얼굴이 떠오르자 마음이 흔들렸다.

내가 해준 밥을 먹는 것을 보면 얼마나 행복할까?

'고, 고백하는 것도 아니고… 그냥 맨날 밥을 거르는 친한 친구가 불쌍해서 해주는 거니까… 그 정도는 괜찮지 않을까? 진현이와 나는 그래도 엄청 친한 친구니까.'

그녀는 얼굴을 붉히며 고민했다.

'어차피 집에 들어가도 할 일도 없는데… 그래, 이건 그냥 친한 친구끼리 밥을 해주는 거야. 특별히 사심이 있어서가 아니라.'

마침 그때 그녀의 눈에 마트가 보였다.

침을 꿀꺽 삼킨 그녀는 자신도 모르게 마트에 들어갔다.

        *   *   *

그런데 문제가 있었다.

그녀는 요리를 잘못했다. 아니, 재능을 떠나서 요리란 것 자체를 해본 적이 거의 없었다.

지글지글.

열심히 지지고 볶고는 했으나…….

"읍."

혜미는 자신이 만든 고기볶음의 맛을 보고 신음을 흘렸다.

'이, 이게 뭐야. 분명 인터넷에서 본 대로 했는데 왜 이런 맛이 나는 거지?'

다른 요리들도 마찬가지였다.

그녀는 울상을 지었다.

원대한 꿈을 가지고 장을 잔뜩 봐왔는데… 요리가 아닌, 괴상한 창조물만 잔뜩 만들어졌다.

가히 연금술사에 버금가는 창조였다.

'왜 이렇게 어려운 거야. 차라리 심폐소생술을 하지…….'

가사와는 백만 광년 정도 떨어져 살아온 그녀는 요리가 심폐소생술보다 어렵게 느껴졌다.

그래도 무지막지하게 장을 봐온 덕에 건질게 있긴 했다.

스팸, 프랑크 소시지, 고추 참치, 김, 햇반으로 돌린 밥.

'다 인스턴트잖아.'

그녀는 자신이 싼 도시락을 보고 좌절했다.

그나마 직접 만든 것은 타버린 계란 프라이 정도?

'이연희는 요리도 잘하겠지?'

왠지 그 여우는 요리도 잘할 것 같았다.

패배감이 들었으나 고개를 저었다.

"아, 몰라. 정성이 중요한 거야."

정성이라곤 한 톨도 느껴지지 않는 도시락을 만들었으면서 그렇게 말했다.

*   *   *

그녀는 인스턴트로 범벅된 도시락을 들고 다시 병원에 도착했다.

늘 살다시피 하는 병원이지만 예쁘게 원피스를 차려 입고, 도시락을 들고 진현을 만난다 하니 가슴이 설레었다.

그녀는 핸드폰으로 전화를 걸었다.

—여보세요?

"진현아. 나 혜미인데 지금 뭐해? 바빠?"

―아니, 당직실에서 잠깐 눈 붙이고 있었어.

"그러면 내가 그쪽으로 갈게. 13층 외과 병동 뒤쪽이지?"

―무슨 일인데?

"별건 아니고. 만나서 이야기할게."

전화를 끊은 그녀는 갑자기 걱정이 되었다.

뭐라고 이야기하며 도시락을 주지?

이상하게 생각하진 않을까?

도시락이 맛없으면 어떻게 하지?

그런 생각을 하다 보니 금방 당직실에 도착했다.

노크를 하니 진현이 반쯤 감은 눈으로 나타났다.

정말… 정말 오랜만에 만나는 그의 얼굴에 혜미의 가슴이
또 바보같이 뛰었다.

"아, 안녕. 잘 지냈어?"

"어… 응. 그런데 무슨 일?"

혜미는 입술을 깨물었다.

뭐라고 하면서 주지?

짧은 순간 숱하게 고민했으나 애초에 그녀는 이런 일에 재
능이 없었다.

그녀는 결투장을 전하듯 불쑥 도시락을 내밀었다.

"이, 이거! 이거 주려고 왔어!"

"응? 이게? 웬 도시락?"

진현의 눈이 커졌다.

혜미는 부끄러움으로 더듬더듬 말했다.

하얀 얼굴이 주책없게 빨개졌다.

"너, 너! 요즘 계속 밥도 잘 못 먹는 것 같아서. 그래서 이 누나가 선심 써서 싸온 거야! 고, 고, 고맙게 먹어!"

너무 민망해 그녀는 쥐구멍에 들어가고 싶은 마음이 들었다.

나도 이연희, 그 여우처럼 부드럽게 꼬리치듯 이런 이야기를 할 수 있으면 좋을 텐데.

"마, 맛은 좀 없을지도 몰라. 하, 하여튼 잘 먹어. 난 가볼게."

그러고 그녀는 등을 돌렸다.

심장이 너무 뛰어 도저히 그대로 서 있을 수 없었다.

급히 엘리베이터로 걸어가려는데 팔목에 차가운 감촉이 닿았다.

진현이 그녀의 손을 잡은 것이다.

"……!"

팔을 통해 전해지는 그의 느낌에 그녀의 몸이 뻣뻣이 굳었다.

그녀는 더듬거렸다.

"…왜, 왜? 머, 먹기 싫어? 그러면 그냥 가져갈게."

"아니, 그게 아니라……."

진현의 목소리가 그녀의 귀에 닿았다.

"왜 이렇게 급하게 가려고 그래? 오랜만인데 잠깐만 앉았다가. 지금 당직실에 아무도 없어."

두근.

당직실에 그와 둘이?

그녀는 자신의 심장 소리가 천둥처럼 들렸다.

심장이 터질 것 같았다.

*　　　*　　　*

"황문진이랑 둘이 쓰는데, 지금 문진이는 오프 나갔어. 들어와."

그녀는 어색한 얼굴로 당직실을 살폈다.

익숙한 전경이다.

그녀가 사용하는 당직실과 똑같이 생겼다.

닭장만 한 크기에 이 층 침대 하나, 캐비닛, 샤워실 겸 화장실.

그게 끝이었다.

하지만 침실로 쓰는 좁은 공간에 그와 단둘이 있어서인지 맨날 보는 풍경인데도 안정이 안 됐다.

'정신 차려. 이혜미. 무슨 생각을 하는 거야?'

그녀는 고개를 털었다.

진현은 의아한 표정을 지었다.

"왜?"

"아, 아니야."

진현은 웃었다.

"너 오늘 이상하다."

"……."

너 때문에 이상한 거잖아! 그런 말이 목 끝까지 올라왔으나 참았다.

진현은 당직실을 둘러보다 침대를 가리켰다.

"그런데… 의자가 없네. 그냥 여기 옆에 앉을래?"

그렇게 둘은 좁은 이 층 침대 밑에 나란히 앉았다.

진현은 별 신경 안 쓰는 듯했으나 혜미는 무척, 엄청엄청 불편했다.

이 좁은 방에서 침대 위에 딱 붙어 앉아 있다니.

"그런데 웬 도시락이야?"

"아니, 그냥… 요즘 밥도 잘 못 먹는 것 같아서."

진현은 크게 고마운 얼굴을 했다.

"고마워. 사실 오늘도 한 끼도 못 먹었는데… 혜미, 역시 나한텐 너밖에 없네."

너밖에 없네, 란 말에 혜미는 급히 고개를 반대편으로 돌렸다.

별 의미 없는 말인 것 알지만, 또 주책없게 뛰는 바보 같은 가슴이었다.

진현은 도시락을 열었다.

예쁜 통 안에 인스턴트만 가득한 음식이 모습을 드러냈다.

진현은 잠시 침묵했다.

혜미는 진현이 볼품없는 도시락에 실망했다 생각하고 민망한 목소리로 말했다.

"나, 나 원래 요리 못해. 그, 그러니 그냥 먹어. 그래도 계란 후라이는 내가 한 거야."

진현이 가만히 입을 열었다.

"고마워."

"응?"

"정말 고마워. 정말로. 잘 먹을게."

깊은 감사의 마음이 담긴 목소리였다.

"마, 맛은 없을 거야. 그래도 그냥 먹어……."

"아니야. 정말 잘 먹을게."

진현은 수저로 한 웅큼 밥을 퍼 입에 가져갔다.

"맛있어."

"거, 거짓말."

"정말 맛있어."

진현은 웃으며 말했다.

진심이었다.

아니, 사실 다 인스턴트인데 맛이 없을 수가 있나?

물론 그녀가 직접 한 계란 프라이는 간이 안 맞긴 했다.

그것 빼곤 다 맛있었다.

"정말 맛있어. 정말로. 고마워."

"처, 천천히 먹어."

진현은 순식간에 도시락을 비웠다.

"맛있게 잘 먹었다. 요리도 잘하네, 이혜미?"

"농담하지 마. 다 인스턴트인데."

진현은 웃었다.

"농담 아니야. 맨날 먹고 싶을 정도인걸?"

"맨날……."

맨날 해줄 수 있는데.

무심코 말하려던 혜미는 화들짝 놀라 입을 다물었다.

"나중에 결혼할 사람한테 맨날 해달라고 해."

그 말을 끝으로 둘은 잠시 입을 다물었다.

그녀는 그가 비운 도시락을 바라봤다.

이런 도시락쯤 맨날 해줄 수 있는데, 아니, 해주고 싶은데.

그가 맨날맨날 내가 해준 밥을 먹으면 얼마나 행복할까?

"……."

이후에도 둘은 서로 말이 없었다.

혜미는 단둘이 좁은 공간에 있는 게 부끄러웠고, 진현은 무슨 생각을 하고 있는지 말이 없었다.

불편하면서 가슴이 간질간질한 침묵이었다.

시간이 지난 후, 결국 혜미가 먼저 입을 열었다.

"응급실 많이 힘들지?"

"……."

"힘들어도 밥은 잘 챙겨먹고."

"……."

답이 없다.

의아한 마음이 들 때였다.

툭.

그녀의 어깨에 딱딱한 감촉이 닿았다.

"……!"

그의 머리였다.

그가 자신의 머리를 그녀의 어깨에 기댄 것이다.

"지, 진현아?!"

그녀는 놀라 떨리는 목소리로 물었다.

가, 갑자기 왜 이러는 거지? 혹시……?

그녀의 심장이 터질 듯이 요동쳤다.

그러나…….

"쿨……."

그녀는 맥이 빠졌다. 잠이 든 것이다.

"뭐야……."

한숨을 내쉬었다 뭘 기대한 거야.

'계속 못 자서 피곤하겠지.'

그녀는 그를 침대에 눕히려 했다.

그런데… 그녀는 순간 움직임을 멈추었다.

욕심이 들었다.

'잠시만… 잠시만 더…….'

어깨에 닿는 그의 느낌이 좋았다. 은은한 냄새가 그녀의 코를 자극했다.

잠시만 이 느낌을 더 느끼고 싶었다.

'사랑해. 정말로.'

그녀는 속으로 중얼거렸다.

그런데 완전히 잠이 든 것인지, 그의 머리가 스륵 앞으로 미끄러지더니 그녀의 가슴을 스쳐 무릎으로 떨어졌다.

의도치 않게 그는 그녀의 허벅지 끝을 베고 누운 자세가 되었다.

"……."

허벅지 맨살에 느껴지는 그의 감촉에 그녀는 다시 얼굴이 빨개졌다.

도대체 오늘 몇 번이나 얼굴이 붉어지는지 모르겠다.

'좀 더 긴 치마를 입고 올걸.'

그녀의 마음도 모르고, 진현은 깊은 잠에 빠져 있었다.

'이 바보.'

그녀는 가만히 진현의 머리를 쓰다듬었다.

'정말 바보. 바보.'

그녀는 홀린 듯 그의 얼굴을 바라봤다.

난 왜 진현을 사랑하게 되었을까?

7년을 넘은 짝사랑이 너무 힘들었다.

차라리 만나지 않았더라면 이렇게 힘들지 않았을 텐데. 그렇게 생각할 때도 있었다.

하지만 그런 마음은 그의 얼굴을 보면 눈 녹듯 사라졌다.

같이 있고 싶다.

영원히 함께하고 싶다.

오빠의 원한 따위는 잊고 그냥 그와 함께하고 싶다.

그녀는 살짝 허리를 숙여 그의 귀볼 쪽으로 입술을 가져갔다.

"사랑해."

깊게 잠든 진현은 깨지 않았다.

그녀는 다시 말했다.

"정말 사랑해. 이 바보야. 넌 모르겠지만⋯⋯."

그리고⋯⋯.

그녀의 입술이 진현의 입술을 살짝 덮었다.

무의식적인⋯ 충동적인 입맞춤이었다.

"⋯⋯!"

그녀는 본인이 한 행동에 스스로 놀라, 화들짝 고개를 들었다.

'미, 미쳤어.'

천만다행으로 진현은 깨어나지 않았다. 정말 다행이었다.

그렇게 그녀는 진현과 첫 입맞춤을 했다.

아무도 모르는 입맞춤으로 둘 모두 처음이었다.

        *   *   *

진현은 부스스 잠에서 일어났다.

시계를 보니 저녁 11시였다.

'뭐지? 언제 잠든 거지? 혜미는 간 건가?'

인스턴트 가득한 도시락을 먹은 것까지는 기억나는데…

깜빡 잠들었는지 그 뒤가 생각 안 난다.

'혜미가 뭐라고 이야기했던 것 같은데……'

그는 고개를 갸웃했다.

'오랜만에 봐서 좋았는데… 제대로 이야기도 못 했네.

방금 봤는데, 아쉬움이 남았다.

또 보고 싶었다.

또 보고 싶고, 옆에서 이야기하고, 함께 있고 싶었다.

그리고 그는 자신의 그런 감정들에 당황했다.

'뭐, 뭐야.'

고개를 저었으나 자꾸만 그녀가 떠올랐다.

꽃처럼, 아니, 꽃보다 예쁜 얼굴, 수줍게 도시락을 건네는 모습, 하얀 뺨이 붉어진 모습.

그 모습들이 자꾸만 떠올랐고, 진현은 자신의 감정에 당황하며 한 가지 생각을 하였다.

'설마 내가……?'

그런데 그때였다.

띠리리.

전화벨이 그의 상념을 깨웠다.

'누구지? 모르는 번호인데?'

진현은 인상을 찌푸렸다. 또 응급실인가?

"네, 김진현입니다.

그런데 전화기 너머로 의외로 목소리가 들렸다.

―김진현 선생? 나 유영수인데 잘 지내나?

"아, 네. 교수님."

―지금 잠깐 시간 괜찮나?

"아… 네. 응급실에 당장 봐야 할 환자는 없습니다."

―그러면 우리 병원 근처에서 잠깐 볼까?

"아, 네. 알겠습니다."

―병원 정문에서 보세.

진현은 의아한 표정을 지었다.

무슨 일이지?

전화기 너머 유영수 교수의 목소리가 평소와 다르게 어두웠다.

왠지 불길한 느낌이 들었다.

*   *   *

유영수 교수가 진현을 데려간 곳은 역삼동에 위치한 한 순댓국밥집이었다.

늦은 시간이어서 손님은 거의 없었다.

"김진현 선생은 식사했어?"

"아… 네. 그래도 먹을 수 있습니다."

최근엔 밥을 먹을 때보다 거를 때가 많아 몇 끼든 몰아먹을 수 있었다.

"그래, 여기 국밥 맛이 괜찮더라고. 야간 수술 끝나고 잠깐 와서 소주랑 같이 먹으면 참 좋아."

그러면서 유영수는 진현에게 졸졸 소주를 따라줬다.

진현은 당황해 말했다.

"저… 응급실 근무라… 술은…….."

"괜찮아. 오늘은 그냥 한잔하고 쉬어."

"하지만…….."

새벽이라고 응급실에 환자가 안 오는 것은 아니다.

아니, 오히려 더 긴장해야 할 때다.

그 새벽에 잠을 깨 응급실에 올 정도면 꾀병은 아닐 확률이 높기 때문이다.

그러나 유영수는 웃으며 말했다.

"내가 간이식 파트 치프한테 미리 이야기해 놨어. 오늘 너랑 술 좀 마실 테니 네 대신 응급실 근무 설 사람 구해 놓으라고."

"아… 네."

그렇게까지 해줬으면 안 마실 도리가 없다.

진현은 속으로 의문을 표했다.

'도대체 무슨 일이지?'

평소처럼 부드러운 표정이지만, 진현은 직감적으로 느꼈다.

뭔가 일이 있었다.

하지만 유영수는 진현에게 술을 주며 일상적인 이야기만 늘어놨다.

"술은 마실 줄 알아? 싫어하진 않고?"

"싫어하진 않습니다."

"모든 파트에서 김진현 선생 칭찬이 아주 자자해. 오늘 알아보니 동양화 쪽의 대가(大家), 김종현 화백도 네가 치료했다며? 수술은 도대체 어떻게 한 거야?"

"……."

그건 할 말이 없었다.

지우고 싶은 기억이었다.

유영수는 집요하게 묻지 않았다.

진현에겐 다행히도 외과엔 현재 이런 분위기가 퍼져 있었
다.

─괴물 김진현이니까.

상식적으로 말도 안 되는 일들을 계속해서 벌이니 이젠 그
러려니 하는 거다.

괴물 김진현이니까.

"모든 교수님이 너에게 거는 기대가 커. 지금도 벌써 이 정
도인데 나중에는 얼마나 잘할지. 김진현 선생은 나중에 어떤
서브 스페셜을 전공하고 싶어?"

서브 스페셜(Sub special).

외과 내에서도 세부 전공을 뜻한다.

전문의를 따기 전엔 두루두루 배우다가 교수에 뜻이 있으
면 세부 전공을 정해 그 한길을 깊게 파게 된다.

"아직은… 잘 모르겠습니다."

"그래, 아직 1년 차니까. 지금 정하기엔 빠르지. 간은 어
때? 강민철 교수님은 김진현 선생을 무조건 간이식 파트를 시
킬 생각인 것 같던데."

진현은 어색히 웃었다.

나쁘진 않았다.

이전 삶에서 그의 서브 스페셜도 간, 담도(Hepatobiliary)였으니까.

'대일병원에 오기 전엔 혈관(Vascular) 쪽이 서브 스페셜이었지만.'

이전 삶에선 두 개의 길을 팠었다.

처음엔 혈관, 대일병원에 오고 나서는 간, 담도 파트.

이번 삶에서도 머지않아 결정해야 하리라.

"김진현 선생은 뭘 해도 잘하겠지. 강민철 교수님의 뜻처럼 나도 자네가 우리 파트를 하면 좋긴 하겠는데."

"감사합니다."

그렇게 좋은 분위기로 이런저런 이야기를 하며 소주를 비웠다.

'유 교수님도 성격이 좋단 말이야.'

이전 삶에서도 느낀 거지만 유영수는 참 온화했다.

흐르는 물처럼 부드러워 거친 외과와 안 맞을 것 같은데 수술 실력과 환자를 보는 마음이 뛰어났다.

존경할 만한 윗사람이었다.

그런데 어느 순간 유영수가 말을 멈췄다.

진현이 조심히 물었다.

"그런데 오늘 어째서 보자고 하신 겁니까?"

"그냥… 고생하니 술이나 사주려고 불렀지."

하지만 대답과 다르게 그런 눈치가 아니었다.

진현이 의아한 표정을 지을 때, 유영수가 물었다.

"김 선생."

"네?"

"혹시 이전에 이사장님과 무슨 일이 있었어?"

"이사장님이요?"

진현은 눈을 동그랗게 떴다.

이사장이면 대일병원의 소유주를 말하는 건가?

혜미와 이상민의 아버지인?

말단 레지던트인 자신이 그런 높은 사람과 연관이 있을 리가 없지 않은가?

"전혀 없습니다. 그건 갑자기 어째서……?"

"그렇지?"

유영수는 쭈욱 소주를 들이켰다. 그리고 말없이 빈 소주잔만 쳐다봤다.

말을 해야 하나 말아야 하나 고민하는 눈치였다.

"그건 어째서 물어보는 것입니까?"

"하아."

유영수는 주저하다 입을 열었다.

"사실 이 이야기를 할지 말지를 고민했는데… 당사자인 너는 알고 있는 게 맞을 것 같아서 이야기하는 거야."

"……?"

"네가 왜 응급실로 배치된 줄 알아?"

"그거야 인력이 모자라서……."

"아니야. 이사장님 때문이야."

"……?!"

진현의 눈이 커졌다.

이사장님 때문이라니? 이게 무슨 황당한 말인가?

유영수는 한숨을 내쉬었다.

이 이야기를 하는 것은 유영수의 입장에서도 부담이 되는 일이었다.

그러나 이런 말도 안 되는 불의를 외면할 수는 없었다.

"정확히 이야기하면 너를 외과에서 쫓아내기 위해서야. 다른 사람도 아닌, 이사장님이 그걸 바란다고 하더군."

"……!"

진현은 입을 벌렸다.

너무 놀라 아무런 생각도 들지 않았다.

'대일병원의 이사장이 날 쫓아내고 싶어 한다고?'

황당하다 못해 현실성이 느껴지지 않는 이야기였다.

자신과 이사장은 계약직 사원과 회장 같은 격차가 있었다.

그 높은 사람이 아무런 면식도 없는 자신을 왜 쫓아내려 한단 말인가?

"그게 정말입니까?"

"주임교수님께 직접 들은 이야기야."

유영수 교수가 이런 일로 농담을 하진 않을 거니 거짓은 아닐 거다.

하지만 진현은 믿어지지가 않았다.

왜 이사장이 나를?

그럴 이유가 있나?

이혜미와 이상민 말고는 이사장 이종근과 그는 아무런 접점이 없었다.

삼류 드라마처럼 딸과 친하단 이유로?

그러나 이범수의 죽음 이후 혜미는 아버지와 형식적인 연외엔 교류가 없다.

그러면 혹시 이상민 때문에?

"어째서입니까? 어째서 저를?"

"그건 모르겠어. 다만……."

"……?"

"정확한 것은 아니고… 단지 추측이지만… 최근 이사회의 분위기를 보면 이사장님의 아들 때문일 수도 있어. 김 선생도 이상민 선생이 이사장님 아들인 것은 알고 있지?"

"네, 알고 있습니다."

당연히 알고 있다. 나름 친한 친구였으니까.

"이종근 이사장님은 한국대 의대를 졸업 후, 대일병원 외과 교수, 과장, 병원장의 과정을 빠르게 거친 후 이사장이 되었어. 이상민 선생이 외과에 들어온 것도 아버지와 똑같은 코스를 밟기 위해서야."

그것도 알고 있는 이야기다.

"그게 저와 무슨……?"

"김 선생이 너무 뛰어나니까 방해가 되는 거지. 이상민 선생이 김 선생 때문에 전혀 빛을 못 보니까."

"……!"

"대일 그룹 가문 내의 문제라 나도 정확히는 모르는데… 병원 이사회에서도 이런저런 말이 많은가 봐. 김 선생과 이상민 선생을 비교하면서."

"……."

김진현은 할 말을 잃었다.

자신도 모르는 사이 뒤에서 이런 일들이 벌어지고 있었다고?

물론 뭔가 이상하단 생각을 하긴 했다.

하지만 이런 일이 있을 거라곤 상상도 못했다.

유영수 교수는 쓴웃음을 지었다.

도대체 이 착하고 성실한 김진현이 무슨 죄가 있다고.

막강한 실력자, 강민철이라도 있으면 방패막이되었을 텐데 미국에서 뭘 하는지 연락도 안 된다.

"지금 강민철 교수님과 연락이 안 되는데… 어쨌든 나도 이래저래 최선을 다해볼 테니 김 선생도 몸을 사려."

"……."

하지만 진현은 답하지 못했다.

이사장이 나를 쫓아내려 한다고?

너무 황당해 헛웃음이 나올 지경이었다.

뚝. 뚝.

밖에서 한 방울, 두 방울 빗방울이 내리기 시작했다.

빗방울과 함께 진현의 마음은 무겁게 가라앉았다.

10장

친구

그 뒤로는 어떻게 시간이 지나갔는지 모르겠다.

너무나도 청천벽력 같은 이야기다.

진현의 어두운 표정에 당직실을 같이 쓰는 황문진이 물었다.

"진현아, 괜찮아?"

진현은 멍하니 답했다.

"아… 아. 괜찮다."

"너무 무리하는 것 아니야? 몸 안 좋은 것 같은데… 지금 시간 있으면 좀 자."

사정을 모르는 황문진이 걱정했다.

"아니, 괜찮다."

"좀 쉬는 게 나을 것 같은데… 참. 진현아 다음 주에 곧 하례식인데 너는 못 가지?

하례식.

대일병원 외과의 최대 규모 행사로 응급실 근무자를 제외한 모든 외과 소속 의사가 모이는 회식이다.

"나는 못 갈 것 같다."

"아쉽네. 네가 제일 고생하고 있는데. 네가 못 가다니. 비싼 소고기 집에서 한다던데."

진현은 쓴웃음 지었다.

소고기야 먹고 싶지만 그럴 정신이 아니다.

'하례식이면 이사장도 오겠군.'

이상민의 아버지, 이사장 이종근은 전(前) 외과 과장으로 외과의 중요 행사에 가끔씩 얼굴을 비쳤다.

"나 응급실 환자 보러 나가야겠다. 수고해라."

"어, 응. 몸 안 좋은 것 같은데 무리하지 말고."

진현은 터덜터덜 내려가 환자를 진료했다.

다행히 특별한 것은 없는 환자라 간단한 처치 후 퇴실시켰다.

잠시 시간이 나 그는 병원 뒤편의 벤치로 가 털썩 주저앉았다.

'어떻게 하지?'

허탈이 생각했다.

'외과를 그만둬야 하나?

이전의 삶에서 겪은 풍부한 임상 경험과 한국대 의대에서 쌓은 의학 지식의 소유자인 그는 대단히 뛰어난 실력을 가지고 있었다.

하지만 그러면 뭐하나?

이사장이 그를 찍었는데.

기업으로 치면 회장이 계약직 사원을 찍은 것이다.

그가 아무리 실력이 뛰어나도 버텨낼 재간이 없다.

'젠장. 난 왜 맨날 이런 식이지?'

회귀 후 정말 필사적으로 노력했다.

수능 공부, 돈을 벌기 위한 과외, 의대 공부, 인턴 생활, 외과 레지던트 생활.

뭐 하나 노력하지 않은 것이 없다.

편하게 쉰 날이 거의 없을 정도다.

그런데 원하던 피부과에선 두 번이나 운명적으로 밀려났고, 기껏 마음을 붙인 외과에서도 이런 꼴이다.

그냥 높은 교수도 아니고 이사장이라니.

자연재해급이다.

이 정도면 극복이고 자시고 할 수도 없었다.

'하, 빌어먹을.'

항상 이런 시련을 마주하게 하는 하늘이 원망스러웠다.

화도 났다.

그저 열심히 살고, 남부럽지 않게 성공하고 싶어 노력했을 뿐인데… 왜 세상은 항상 불합리하고 부당한가?

도대체 이사장이 뭐라고?

'정말 이상민 때문인 거야? 확인해 볼까?'

확인하는 방법은 간단했다.

이상민에게 물어보면 되니까.

하지만 뭔가 마음속에서 꺼려졌다.

의뭉스러운 이상민은 진실을 말하지 않을 것 같았다.

'젠장, 더럽고 치사해서. 그냥 때려치우고 다른 병원으로 가버릴까?'

대한민국에 병원이 대일병원만 있는 것도 아니고, 갈 수 있는 곳이야 많다. 모교인 한국대 병원만 해도 그가 간다고 하면 쌍수를 들고 환영하리라.

그런데 그렇게 생각을 하다 보니 갑자기 분노가 치밀어 올랐다.

'내가 왜 도망가야 해? 잘못한 것도 없는데? 내가 왜?'

진현은 입술을 깨물었다.

대일병원을 포기하는 것이 아쉽다기보단 화가 나고 오기가 생겼다.

이전의 삶 때도 자신의 노력과 실력과는 상관없이 쫓겨나야 했는데, 이번 삶에도 그래야 한다고?

아무런 잘못도 없이 단지 이사장의 눈 밖에 났다는 이유만으로 억울하게?

인정할 수 없었다.

그런데 그때였다.

등뒤에서 생각지도 못한 의외의 목소리가 들렸다.

"여, 이거 범생이 아니야?"

진현은 자신을 부르는 소리라 생각 못하고 대답하지 않았다.

"야, 야. 범생이. 김진현!"

"……?!"

진현이 고개를 돌리니 한 젊은 남자가 서 있었다.

깔끔한 검은 정장을 입은 남자는 왠지 조폭을 연상시키는 험한 얼굴이었다.

누구지?

"…누구십니까?"

남자는 인상을 찌푸렸다.

"아, 뭐야. 나 못 알아보는 거야? 작년에 봤잖아! 나 김철우야, 김철우!"

"……!"

진현은 화들짝 놀랐다.

김철우라고?

고등학교 때 일진?

"아니, 김철우? 수염은 어디로 가고?"

심볼 같은 수염을 깔끔히 밀어 못 알아봤다.

김철우는 시원하게 웃었다.

"야, 나도 이제 경찰이잖냐. 그래도 깔끔히 다녀야지. 하여튼 반갑다. 잘 지냈냐?"

수염이 있을 땐 딱 산도적 같았는데, 깔끔히 미니 지금은… 음, 조폭 같았다.

호탕한 조폭.

김철우가 반갑게 손을 내밀어 악수를 했다.

진현도 갑작스러운 만남이라 놀라긴 했지만 간만에 친구를 보니 반가운 마음이 들었다.

"그래, 반갑다. 그런데 대일병원엔 웬일이냐? 뭐 수사할 거라도 있어?"

경찰시험에 합격한 김철우는 인근 강남 쪽에 위치한 경찰서에서 죽어라 일하고 있었다.

"아니, 그런 것은 아니고. 아버지가 여기 다니셔서. 모시고 왔어."

"아버지? 너희 아버지 어디 안 좋으시냐?"

"나도 몰라. 아버지랑 난 별것 아닌 것 같은데 의사가 수술해야 한다고 난리를 피워서. 방금 상담하고 온 거야. 아버지는 지금 CT 검사하러 가셨고. 잠시 담배 피우러 나왔는데 어떻게 딱 너를 만났네. 반갑다."

"어디가 안 좋으신데?"

"나도 잘 몰라. 무슨 대동맥 쪽이라던데… 이름도 어려워서 잘 모르겠다."

진현은 인상을 찌푸렸다. 대동맥이면 혹시 트리플A(AAA)?

"복부 대동맥류(Abominal aorta aneurysm, AAA)?"

"어, 맞아! 그런 이름이었어. 짜식. 범생이답게 척하니까 딱 나오네."

김철우는 진현을 만난 게 반가운지 연신 웃으며 말했다.

하지만 진현은 무거운 마음이 들었다.

'동맥류면 굉장히 위험할 수도 있는데?'

김철우가 물었다.

"그런데 그 뭐시기… 동맥류가 무슨 질환이냐? 교수가 뭐라 이야기해 줬는데… 영어 섞어서 이야기해서 잘 모르겠더라고. 꼭 수술해야 한다고만 하고. 안 그러면 위험할 수도 있다고. 거참, 뭐가 위험하단 건지."

"동맥류는 대동맥의 혈관벽이 점점 늘어나는 질환이다."

"그래? 늘어나면 뭐가 안 좋은데?"

"터질 수도 있다."

"뭐?"

김철우는 깜짝 놀라 반문했다.

대동맥이 터져?

진현은 진중한 얼굴로 말했다. 웃으며 이야기할 사안이 아니다.

대동맥이 늘어나 터지면 사망률이 90%에 달한다.

제대로 치료받아도 그렇다.

거의 다 죽는다고 봐야 했다.

대동맥류 파열의 치료는 정말 뛰어난 혈관 외과 전문의(Vascular surgeon)가 아니면 손도 델 수 없었다.

"뭐, 대동맥이 늘어난 정도가 심하지 않으면 그럴 일이 거의 없지만… 만약 많이 늘어났으면 위험이 올라가. 그래서 예방적으로 수술을 해야 해."

"그래?"

김철우의 얼굴이 심각해졌다.

껄렁껄렁해도 가족을 생각하는 마음은 똑같다.

아버지가 안 좋을 수도 있다니 걱정이 됐다.

"너 지금 시간 괜찮냐? 우리 아버지 검사 결과 좀 봐줘라."

"그래."

진현은 근처에 위치한 응급실로 가 전산에 접속해 김철우 아버지의 검사 결과를 확인했다.

"……!"

방금 찍은 CT를 확인한 진현의 얼굴이 어두워졌다.

"왜? 뭐 안 좋아?"

"교수님께서 수술 언제 하자서?"

"빨리 하자고 하시던데. 아버지 회사 일 때문에 미뤄졌어."

"최대한 빨리 받는 게 좋을 것 같다."

진현은 CT를 보며 말했다.

'크기가 너무 커. 5.5㎝만 넘어도 위험하다 하는데… 대동맥 직경이 8㎝가 넘어. 8㎝가 넘으면 50%가 넘게 터지는데.'

1㎝ 남짓한 크기의 대동맥이 8㎝이 넘게 늘어나 있었다.

풍선만 한 것이다.

그것 말고도 안 좋은 점이 있었다.

크기가 최근 급속도로 커졌다.

1년에 0.5㎝ 이상 커지면 안 좋은 징후로 보는데, 거의 2㎝ 가까이 커진 것 같다.

"그렇게 안 좋아? 아버지 회사일 때문에 수술 빨리 못 받으신다는데… 작은 수술도 아니고……."

"그래도 최대한 빨리 수술받도록 해라. 최대한."

이전 삶에서 대일병원에 오기 전 그의 세부 전공이 바로 이 대동맥을 보는 혈관 파트였다.

이렇게 위험한 대동맥이 터졌을 때, 살린 적이 거의 없다.

대부분 죽었다.

"그래, 알겠다. 다른 사람이면 몰라도 범생이 네 말이니 믿어야지. 혹시 다른 주의할 것은 없냐?"

딱히 주의할 것은 없다.

다만…….

"만약 갑자기 아파하시거나 이상한 점이 보이면 곧바로 응급실로 달려와. 늦으면 절대 안 돼."

"바로?"

"응, 바로. 절대로 늦으면 안 돼."

그때 김철우의 핸드폰이 울렸다.

"아, 아버지. 검사들 다 끝나셨나 보다. 다음에 또 보자."

"그래."

김철우는 급히 검사실 쪽으로 사라졌다.

그 뒷모습을 보며 진현은 걱정했다.

'괜찮으셔야 할 텐데…….'

친한 친구의 아버지여서 그럴까? 괜히 불길한 느낌이 들었다.

'괜찮겠지?'

진현은 자신의 걱정이 기우길 바랐다.

* * *

"다음 주가 벌써 하례식인가요?"

"네, 이사장님."

민 비서가 공손히 답했다.

하례식은 대일병원 외과 최대의 행사로 이사장 이종근도 빠짐없이 참석했다.

"장소는 다 섭외했나요?"

"네, 예년과 동일하게 이태원 쪽으로 준비했습니다."

매년 외과의 하례식은 이태원에 위치한 고급 고깃집에서

진행했다.

"그래요. 잘했어요. 이태원… 그렇게 멀진 않은데…….'

이종근은 문득 물었다.

"김진현 선생은 요즘 잘 지내나요?"

"……"

민 비서는 눈치만 볼 뿐 답하지 못했다.

워낙 잘 지냈기 때문이다.

김진현은 응급실이 체질인지 날아다니다 못해 비상(飛上)하고 있었다.

실수는 무슨?

환자들의 만족도도 극히 높았고 심지어 천재 외과의사로 소문난 그에게 진료받으러 멀리서도 찾아오는 사람이 있을 정도였다.

그야말로 천재 외과의사.

어떤 응급의학과 의사들은 김진현을 보고 '응급실 전담 외과 교수' 라고 부르기도 했다.

아직 제대로 수련도 받지 않은 1년 차에 불과한 그한테.

너무 뛰어난 탓이다.

그를 궁지로 몰기 위해 응급실로 보낸 고영찬 교수의 계략은 확실히 어긋났다.

오히려 날개를 달아준 격이었다.

이제 대일병원에서 김진현이란 이름을 모르는 사람은 아

무도 없었다.

"하례식엔 김진현 선생도 오나요?"

"응급실 근무자여서 못 옵니다."

"저런. 가장 고생이 많은데 빠지게 되는군요."

이종근은 마음에도 없는 이야길 했다.

"김진현 선생을 제외하고는 모두 오는 거죠?"

"네, 응급 수술팀도 일단 다 참석은 합니다."

원래 회식 때는 응급 수술을 대비한 수술팀을 남겨놓는 경우가 많으나 하례식은 예외였다.

대일병원 외과 최고의 행사여서 응급 수술팀도 모두 회식에 참석한다.

단 술은 마시지 않고 응급 상황이 생기면 곧바로 병원에 복귀할 수 있도록 대비하는 것이다.

'아무도 없을 때 중환자라도 왔으면 좋겠군.'

이종근은 불쾌히 생각했다.

물론 아무리 혼자 있다 해도 김진현이 웬만한 중환자로 흔들릴 가능성은 거의 없었다.

그만큼 지금까지 김진현이 보여준 능력은 너무나도 뛰어났다.

그 괴물 놈은 어떤 상황 속에서도 믿을 수 없는 능력으로 돌파구를 마련했으니까.

오죽하면 레지던트 1년 차 주제에 '응급실 전담 외과 교수' 란 별명으로 불리겠는가?

'어디서 이런 괴물이 튀어나와 가지고. 조금의 틈도 찾을
수 없으니.'

이종근은 혀를 찼다.

*　　　　*　　　　*

어느덧 시간이 흘러 하례식 날짜가 다가왔다.

레지던트 고년 차들을 비롯한 외과 사람들은 진현이 불참
함에 아쉬움을 표했다.

"제일 고생 많이 하는데 못 가서 어떻게 하나?"

"그러게. 술 한 잔 줘야 하는데."

진현은 고개를 저었다.

"괜찮습니다. 다음에 한잔 사주십시오."

소고기를 못 먹는 게 아쉽긴 하지만 그게 중요한 게 아니
었다.

진현은 걱정하며 말했다.

"그런데 정말 병원에 저 혼자 남는 것인가요?"

"응. 그래도 술도 안 먹고, 문제 생기면 곧바로 뛰어올 테
니 걱정하지 마."

워낙 큰 회식이니 수술팀도 참석하는 게 특별한 일은 아니다.

문제가 생기면 곧바로 복귀하면 되니까.

다른 대형병원에서도 정말 중요한 회식 때는 응급 수술팀도 빠짐없이 참석을 하도록 하였다.

하지만 진현은 불안한 마음이 들었다.

'이사장이 수작을 부리진 않겠지?'

이사장 이종근 때문이다.

정말 급한 환자가 왔을 때, 이사장이 조금이라도 수작을 부리면 큰일이다.

어려운 일도 아니었다.

조금만 더 있다 가라고 이런저런 핑계로 수술팀이 출발하는 것을 지연시키기만 하면 되니까.

'설마 그러진 않겠지. 그리고 그렇게까지 급한 환자가 올 확률도 거의 없을 거고.'

부산과 서울 거리도 아니고 이태원과 청담이니, 이사장이 수술팀이 출발하는 것을 아무리 훼방을 놓아도 최소 1시간 안에는 도착할 것이다.

아무리 응급환자라도 그 잠깐을 못 버틸 정도로 급박한 상태의 환자는 거의 없었다.

일부의 경우만 제외하면 말이다.

진현의 걱정스런 안색에 수술팀의 치프 레지던트가 웃었다.

"너무 걱정 말라고. 정말 금방 달려올 테니. 그리고 별일 있겠어? 밤사이 동안 그렇게 안 좋은 환자가 오진 않겠지."

"네, 감사합니다."

치프의 말처럼 별일 없을 확률이 더 높았다.

매 밤마다 중환자가 오는 것은 아니니까.

그리고 최악의 경우 웬만한 환자들은 김진현 스스로 전부 해결이 가능했다.

문제는 인력의 문제상 혼자서 해결할 수 없는 중환자가 올 때였다.

'괜찮겠지.'

진현은 그러기를 바랐다.

*   *   *

저녁 7시 50분.

후두둑.

비가 폭포처럼 쏟아지기 시작했다.

장마철도 아닌데, 비가 자주 오는 느낌이다.

'유비무환인데……'

병원에 유비무환이란 말이 있다.

있을 유, 비, 없을 무, 환자 환.

비가 오면 환자가 안 온다(有雨無患), 뜻으로 실제로 폭우가 오는 날은 환자가 적었다.

'쭈욱 환자가 없었으면. 이런 날 오는 환자는 중환인데……'

대신 폭우를 뚫고 올 정도의 환자는 중환자가 많았다.

"아, 빨리 가야 하는데. 큰일이네."

옆에서 황문진이 초조한 얼굴로 처방을 냈다.

그는 아직 일이 남아 하례식에 못 간 상태로 먼저 도착한 선배들한테서 빗발같이 전화가 오고 있었다.

이미 다들 회식 장소에 도착해 부어라 마셔라 하는 중이었다.

—야, 황문진! 빨리 처리하고 와!

"아, 네. 네!"

진현은 옆에서 슬쩍 웃었다.

"대충하고 가."

"아직 처방(Order)을 못 내서."

"대신 내줄까?"

"아니야. 이건 주치의인 내가 해야지."

성격이 가벼워 보이지만 황문진도 책임감이 깊었다.

"하아, 그냥 일도 많이 남았는데. 가지 말고 너랑 병원에 있을까?"

"그래도 제일 큰 행사인데 가야지."

그런데 그때 띠리리 핸드폰이 울렸다.

응급실이었다.

진현은 인상을 찌푸렸다.

응급실이 그에게 전화를 할 용건은 단 하나다.

새로 환자가 온 것이다.

'무슨 환자가 온 건지?'

괜찮은 환자여야 할 텐데.

진현은 그렇게 바라며 전화를 받았다.

"네, 김진현입니다."

하지만 그의 바람은 항상 어긋난다.

전화기 너머로 죽을 듯이 급한 목소리가 터진 것이다.

―김진현 선생님! 빨리 응급실로 오세요! 대동맥류 파열(A AA rupture) 환자 왔어요!

"……!"

진현은 놀라 자리에서 벌떡 일어났다.

대동맥류 파열은 사망률 80%에서 90%에 육박하는 초응급 질환이다.

그 순간 머리에 고등학교 때 일진이었던 친구 김철우의 아버지가 떠올랐다.

그의 아버지가 대동맥류를 앓고 있었는데…….

'설마?'

진현은 가운을 들고 뛰어 내려갔다.

*   *   *

"지, 진현아…….."

진현은 아찔한 마음이 들었다.

어째서 불안한 예감은 틀리질 않는 걸까?

김철우가 하얗게 질린 얼굴로 진현을 불렀다.

"아, 아, 아버지가… 아버지가 갑자기… 크흑."

그는 말을 제대로 잇지도 못했다.

그때 응급의학과 의사가 급히 진현을 불렀다.

"김진현 선생! 여기에요, 여기! 빨리 와요!"

소생실 안에 응급의학과 의사들이 우글우글 몰려 있었고 그 가운데 핏기가 하나도 없는 피부로 의식을 잃은 채 헐떡거리고 있는 중년 남자가 누워 있었다.

김철우와 똑 닮은 얼굴.

그의 아버지였다.

"동맥류 파열이에요."

진현은 이를 악물었다.

한눈에 봐도 상황이 좋지 않았다.

"바이탈(Vital)은 어떻습니까?"

"수축기 혈압 50이에요. 맥박은 140이고."

"응급 피 검사는요?"

"pH 7.15예요. 빈혈 수치는 7이고."

그 설명에 진현은 눈앞이 컴컴해졌다.

Arrest(사망) 직전의 단계였다.

"수혈, 빨리 수혈해 주세요. 응급으로 최대한 많이. 수액도 최대한 빨리 주시고요!"

"중심정맥관 잡고 있습니다."

"중심정맥관으로 안 돼요. 레벨 1(Level one) 써주세요. 무조건, 무조건 빨리 해주세요!"

진현은 평소답지 않게 목소리를 높였다.

그만큼 급했다.

"바로 수술 들어갈 테니 수술 준비 좀 해주시고 빨리 수혈하고 있어주세요!"

지금 당장 수술하지 않으면 무조건 죽는다.

김철우가 비틀거리며 그에게 다가왔다.

위중함을 느낀 김철우의 눈에서 눈물이 계속해서 흘러나왔다.

"어, 어때? 괘, 괜찮으신 거지?"

"……."

"네… 네 말 듣고 바로 수술을 했어야 하는데… 크흑. 고집 부리시더라도 억지로라도 수술을 시켰어야 하는데… 크흑."

진현은 입술을 깨물었다.

"살 수 있어."

"저, 정말?"

"응, 잠깐만 밖에서 기다려 봐."

김철우를 내보낸 진현은 핸드폰을 들어 응급 수술팀에 전화를 했다.

'이태원이니 최대한 빨리 오면 20분 안에 도착할 수 있어.'

동맥류 파열은 외과 응급 수술 중에서도 가장 어려운 수술

중 하나다.

지난 삶에서 한때 혈관 세부 전공을 했던 진현은 동맥류 파열을 집도한 경험들이 있었지만, 혼자의 몸으로는 진행할 수 없다.

전문적인 팀의 도움을 받아야 했다.

'지금 수술장에 들어가서 내가 절개를 넣고 기본적 처치를 하고 있으면 때에 맞춰 도착할 거야. 그러면 살릴 수 있어.'

물론 그렇게 해도 살릴 수 있는 확률은 극히 적었다.

동맥류 파열은 제대로 된 치료를 해도 사망률이 80%를 넘으니까.

특히 저렇게 혈압이 떨어지고 의식이 없을 정도로 심한 상태면 예후가 더 안 좋았다.

그러나 진현은 고개를 저었다.

'아니야. 반드시 살릴 거야. 살릴 수 있어.'

다른 사람도 아닌 친구 김철우의 아버지다.

반드시 살려야 한다.

『메디컬 환생』 5권에 계속…

즐거운 인생

미더라 장편 소설

FUSION FANTASTIC STORY

A Bittersweet Life

**삶의 의욕을 모두 잃은 주혁.
어느 날 녹이 슨 금속 상자를 얻는데……**

"분명 어제도 3월 6일이었는데?"

동전을 넣고 당기면 나온 숫자만큼 하루가 반복된다!

포기했던 배우의 꿈을 향해 다시금 시작된 발돋움.
눈앞에 펼쳐진 새로운 미래.

과연 그는 목표를 이루고
인생을 바꿀 수 있을 것인가!

Book Publishing CHUNGEORAM

유행이 아닌 자유추구 -
WWW.chungeoram.com

내일을 향해 쏴라

김형석 장편 소설

FUSION FANTASTIC STORY

1만 시간의 법칙!
'성공은 1만 시간의 노력이 만든다' 는 뜻이다.

그러나…
사회복지학과 복학생 수.
전공 실습으로 나간 호스피스 병동에서
미지와 조우하다.

1만 시간의 법칙?
아니, 1분의 법칙!

전무후무한 능력이 수에게 강림하다!
맨주먹 하나로 시작한 수의
인생역전이 시작된다!

전혁 新무협 판타지 소설
FANTASTIC ORIENTAL HEROES
왕후장상

『월풍』, 『신궁전설』의 작가 전혁이 선보이는
유쾌, 상쾌, 통쾌 스토리 『왕후장상』!

문서 위조계의 기린아 기무결.
사기 쳐서 잘 먹고 잘살던 그에게 날벼락이 떨어졌다.
바로 녹슨 칼에서 나온 오천만 냥짜리 보물지도!

기무결에게 내려진 숙제,
오천만 냥을 찾아라!

그러나 꼬인 행보 끝 도착한 곳은 동창의 감옥이었으니…….

"으아악! 이게 뭐야!! 무림맹이 왜 여기 있는 거야!"

천하제일거부를 향한 기무결의
끝없는 도전이 시작된다!

Book Publishing CHUNGEORAM

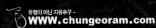

유행이 아닌 자유추구 -
WWW.chungeoram.com

용마검전
FANTASY FRONTIER SPIRIT
김재한 판타지 장편 소설

「폭염의 용제」, 「성운을 먹는 자」의 작가 김재한!
또다시 새로운 신화를 완성하다!

『용마검전』

사악한 용마족의 왕 아테인을 쓰러뜨리고
용마전쟁을 끝낸 용사 아젤!

그러나 그 대가로 받은 것은 죽음에 이르는 저주.
아젤은 저주를 풀기 위해 기나긴 잠에 빠져든다.

그로부터 220년 후…….

긴 잠에서 깨어난 아젤이 본 것은
인간과 용마족이 더불어 살아가는 새로운 세상이었다.

Book Publishing CHUNGEORAM

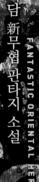

허담 新무협 판타지 소설

FANTASTIC ORIENTAL HEROES

검은별

하늘아래 모든 곳에 있고,
결코 사라지지 않는다.

세상은 그들을 멸시하지만,
세상의 모든 야망가가 은밀히 거래한다.

선과 악이 어우러지고,
어둠과 밝음이 서로를 의지하듯
세상의 빛 그 아래 존재하는 자들.

무수한 별이 빛을 잃어 어둠을 먹고사는
검은 별이 되어 살아가는,
그리하여 세상 모든 사람이 두려워하는…

그들은 유령문이다!

Book Publishing CHUNGEORAM

Book Publishing CHUNGEORAM

유행이 아닌 자유추구 -
WWW.chungeoram.com

메디컬 환생
유인(流人) 장편 소설

연재 사이트 베스트 1위!
어디에서도 볼 수 없었던 천재 의사가 온다!

『메디컬 환생』

언제나 실패만 거듭해 온 의사 진현,
그런 그에게 찾아온 인연의 끈이 있었으니.

"다시 삶을 살면… 어떤 삶을 살고 싶으신가요?"

다시 한 번 주어진 인생
이번엔 반드시 성공하리라!

Book Publishing CHUNGEORAM

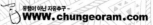

유행이 아닌 자유추구 -
WWW.chungeoram.com